まよチキ！
Mayo Chiki
あさのハジ
illustration
菊池政治

まよチキ!
Mayo Chiki

待つこと数分、
俺はその言葉の意味を
瞬時に理解した。
浪嵐学園の
女子の制服に着替えた
近衛が、ゲーセンから
出てきたのだ。
「――っ！」

目の前には水着に着替えた涼月。
ビキニだ。色は黒。イメージ通りって言ったら
そうなんだがいかんせん破壊力があり過ぎる。
スタイル抜群。出るとこ出てるのに
ウエストや太ももがすらっとしてるのがすげえ。
何を食ったらこうなるんだ。

まよチキ!
Mayo Chiki

Kinjiro Sakamachi
坂町近次郎
主人公。ある体質に悩まされている。
「おまえ……女の子なのか？」
Subaru Konoe
近衛スバル
男装の美少女。執事として奏に仕えている。
「ボクは、どうしてもお嬢様の執事でいなくちゃいけないんだ……っ！」
まよチキ!
Mayo Chiki

Kanade Suzutsuki
涼月奏
スバルの主《あるじ》のお嬢様。
学園の理事長の一人娘。
Kureha Sakamachi
坂町紅羽
近次郎の妹。兄と格闘技が大好き。
「あたしの兄さんを返せぇ――っ！」
「私は好きよ。こんな面白そうな
共犯関係――退屈しなさそうだもの」

まよチキ!

Contents

# まよチキ!

あさのハジメ

MF文庫J

口絵・本文イラスト●菊池政治
編集●庄司智

# 第1話　執事くんの秘密

近衛《このえ》スバル。

おそらくこの私立浪嵐《ろうらん》学園でその名を知らない人間はいないだろう。

文武両道。容姿端麗。眉目秀麗《びもくしゅうれい》。偉才秀才。

もし彼が女だったら学園の男子は残らずノックアウトされていただろう——そうまことしやかに囁《ささや》かれる美少年。誰《だれ》もが羨《うらや》むパーフェクトな成績を持つ生徒。高嶺《たかね》の花という言葉があるが、それこそ近衛はエベレストの頂《いただき》に咲く一輪の薔薇《ばら》だ。

なにせあだ名が『スバル様』である。女子生徒は憧《あこが》れを、男子生徒は嫉妬《しっと》を込めてヤツをそう呼ぶ。平凡な一般人の俺《おれ》からしたら同じ人間だということすら信じられない。

だが、驚くなかれ。

本当に信じられないのはヤツの職業だ。

執・事。

そう、執事である。

近衛スバルの職業は紛れもなく執事なのだ。

………………。

いや、ね。

俺《おれ》だって初めて聞いたときは耳を疑いましたよ？

執事って、なんだよそりゃ。冗談じゃない。なんでそんな職業がこの現代社会に生き残ってんだよ。しかも普通に高校に通いやがって。もういっそのこと特別天然記念物にでも指定した方がいいんじゃねーか。

俺が初めて近衛《このえ》のことを聞いたときのリアクションはこんな感じだった。そう、最初はみんなこんなもんだ。とてもじゃないが執事なんていう絶滅危惧種《ぜつめつきぐしゅ》の存在を信じられるわけがない。

けど――それでもあの光景を。

近衛がクラスメイトの涼月奏《すずつきかなで》を「お嬢様」なんて呼んで恭しく仕《つか》えているのを見てしまうと、そんな夢物語のようなことも信じずにはいられなくなる。

くそう。

羨《うらや》ましい。

羨ましすぎる。

ただでさえ女子にモテまくりなのに、加えてあの涼月奏の執事だって？

そりゃあ羨望《せんぼう》の眼差《まなざ》しを向けたくもなるさ。

なんたってこっちはそんな華々《はなばな》しいイベントはてんで発生しない灰色の高校生活を送っ

てるんだ。いや、もちろん女が嫌いなわけじゃないし、そっちの趣味があるわけでもない。けれど体質上――本当に忌々《いまいま》しい自分の身体《からだ》のおかげで、どうしても俺は女に近付くのが苦手だったのだ。

まあ、だから俺には近衛スバルっていう人間が輝いて見えて仕方がないわけですよ。

きっと残り高校生活でも、そんなヤツと関《かか》わることはほとんどないだろうなぁ。

二年生に進級して当の近衛とクラスメイトになっても、俺がそれを疑うことはなかった。

そう、あの扉を開けてしまうまでは――。

♀×♂

「――あ、」

うっかり。

ほんのうっかりである。

始業式からちょうど一週間経《た》った日の放課後。

ノックもせずに男子トイレの個室の扉を開けると、そこには先客がいた。

精巧に造られた人形みたいな華奢《きやしや》で小さな体躯《たいく》。一般生徒とは違う特別製の豪華な制服。しなやかな髪を後ろで束ねた髪形に、それこそアンティークドールのように端整な顔付き。

その芸術品じみた容姿には、嫌でも見覚えがあった。

「……近衛《このえ》スバル？」

反射的に名前を呼んでしまった。

マズい。

なんだこの状況は。

たぶん鍵《かぎ》をかけ忘れていたんだろう。突然扉を開けた俺《おれ》に、中にいた近衛は目を大きく見開きながら口をパクパクさせた。

ああ、でも悲鳴を上げられなくてよかった。放課後と言ってもまだ廊下には人が残っているかもしれない。他人にこの状況を見られたらどう弁解したらいいか判《わか》らん。

しかも相手はあのスバル様。

噂《うわさ》ではこの浪嵐《ろうらん》学園には近衛のファンクラブが多数発足しているらしく、中には過激派もいて、スバル様に手を出した人間は誰《だれ》であろうと東京湾に沈めるというイカれた誓いを立てているとか。

そんなヤツらにこの光景を見られてみろ。すぐさま死刑判決。中世の魔女裁判のごとく火炙《ひあぶ》りにされてしまうこと間違いなしである。

それを考えたら状況はまだマシ。要は謝ればいい。あはは、ごめんごめん。うっかりドアを開けちまってさ。悪気はなかったんだ……と、かる〜く言って何事もなかったように

この場から去ればいいんだ。

よし、行動を起こせ。

沈黙を破って、止まっていた時計の針を動かすんだ！

「あ、あはは、ごめんごめん。そ、その、うっかりドアを開けちまってさ……」

あまりの緊張で口が上手《うま》く回らない。気まずさに視線をクロールさせると、ついついさらけ出された太ももに目がいった。

うえー、男のくせに綺麗《きれい》な色してやがる。陶器みたいな白い肌。たぶんパンツを下ろす寸前だったのかもしれん。不覚にも、その白い造形美に視線が釘付《くぎづ》けになってしまった。

——と。

「……ん？」

瞬間——なぜか、見てはいけないものを見てしまった気がした。

………。

ちょっと待て。

なんかコイツ、変なパンツ穿《は》いてないか？

何と言うか……形が決定的におかしい。

これじゃまるで女物の下着みたいな……。

「——」

そこまで考えて。

俺《おれ》は弾《はじ》かれたようにドアを閉めた。

幸い、近衛《このえ》は何のリアクションも起こさなかった。もしかしたらまだ固まっているのかもしれん。うん、気持ちはわかるよ。俺だって今の光景はなかなかショックだったからな。すぐさま男子トイレを出て近くの洗面所でジャバジャバと手を洗う。用を足してないんだから洗う必要はないのかもしれないが、そんなことを考えている余裕は１ミリグラムもなかった。

猫。

可愛《かわい》らしい猫さんだった。

愛らしい猫キャラがちょこんとプリントされた下着。というか、あのデルタ地帯はどう見ても……。

「いや、落ち着け」

そんなわけがない。

かけていた眼鏡《めがね》を外して目をゴシゴシ擦《こす》る。今のが錯覚じゃないとすれば、きっと眼鏡の度がおかしくなったんだ。でも眼鏡の度っていきなりおかしくなるのかな？

そもそも俺はどうしてトイレなんかに行ったんだっけ。

いや、そんなの朝食に食べたキムチのせいに決まってる。紅羽《くれは》め、平気で消費期限をシカトしやがって。朝のテレビ番組じゃ今日の俺《おれ》のラッキーカラーは赤とかぬかしていたがそんなの信じられるわけがない……って、今はそんなことどうでもいいか。

問題。

そう――問題は。

「なんで――近衛《このえ》が女物のパンツなんか穿《は》いてるんだ？」

自分の口から出た言葉が信じられなかった。

だって近衛だぞ？

あの近衛スバルだぞ？

確かにあいつは男のくせに女みたいな――というか、そこらの女よりもよっぽど可愛《かわい》らしい顔をしているけど、それでもあんな下着を穿く必要はないはずだ。それとも何か。あいつの家系は男でも女物のパンツを穿かなければならない呪《のろ》われた血族《けつぞく》だとか。

「……バカな。そんなわけあるか」

じゃあ、あれは何だよ。

脳がぎゅるぎゅると脱水中の洗濯機よろしく急回転。

スバル様、トイレ、パンツ、猫、ニャー、ニャー、ニャー……。

駆け巡る思考。頭蓋骨《ずがいこつ》の中を様々なキーワードが飛び交う中――ふと、天命としか思えない閃《ひらめ》きが脳内に舞い降りた。

「………！」

思わずポンと手を叩《たた》いてしまった。

……なぁんだ。

考えてみれば簡単なことだ。あはは、馬鹿《ばか》だなぁ俺は。なんで思いつかなかったんだろう。真実はいつも一つ。こんなの至極《しごく》単純な答えじゃないか。

——変態。

そう、近衛スバルは女装趣味のある変態だったのだ。

「………」

いや、待つんだ坂町近次郎《さかまちきんじろう》。もう一回よく考え直せ。だってあのスバル様だぞ。そんじょそこらのヤツとはわけが違う。

「……でもなぁ、」

やっぱり、そうとしか考えられん。きっと近衛は女性用下着を身に着けることで何らかの性的快感を覚えてしまうちょっとオチャメな体質なのだ。じゃなきゃなんであんなパンツ穿いてんだよ。

「……なんてこった。あのスバル様が変態だったなんて」

驚愕《きょうがく》の真実に頭が白黒する。

何にしても、この事実は墓の下まで持っていかなきゃマズい。もしこの情報が外に漏れてみろ。大勢の女子生徒が生きる希望を失って非行に走るかもしれないし、最悪うちの担任あたりが責任を感じて首を吊《つ》るかもしれん。

それに、俺《おれ》に他人の趣味をどうこう言うつもりはない。プライバシーは尊重しよう。誰《だれ》にだって秘密はある。そう……俺だって例外じゃないように。

きゅっと蛇口《じゃぐち》を捻《ひね》って水を止めた。

帰ろう。

死ぬほど驚いたせいか、キムチによる腹痛はどっかに飛んでいってくれた。

今日はこのまま大人《おとな》しく家に帰って夕飯を食べて風呂《ふろ》に入って眠って……忘れるべきことはすべて忘れてしまおう。

そう心に決めて、廊下側に振り向こうとして――。

「――見たな?」

男にしてはちょっと高めのアルトボイス。

窓から注ぐ夕陽《ゆうひ》に染まった人気のない廊下。

その鮮やかなオレンジの中に小柄な人影が立っていた。

「ジロー……坂町近次郎《さかまちきんじろう》。うん、確かそんな名前だったはずだ」

鈴の音《ね》のように澄み切った声で人影――近衛《このえ》スバルは俺の名前を呼んだ。

不機嫌そうな表情に無愛想な態度。

これが近衛のデフォルト。

少なくともクラスメイトである俺はそう認識している。近衛は自分の主《あるじ》である涼月《すずつき》以外にはとことん冷たい。まるで主以外の人間を突き放そうとしているみたいに、その声と視線は威圧感を含んでいる。こんな姿を見て、クラスの女子たちは「クールでかっこいい」とかきゃあきゃあ騒いでいたが、今現在の俺はとてもそんなセリフは吐けそうになかった。

……殺される。

このままじゃ殺される。

どうしてかはわからないが、そんな漠然《ばくぜん》とした不安が頭を過った。

「黙ってるつもりなら、もう一回訊《き》くぞ」

沈黙が癪《しゃく》だったのか、近衛は小さな花びらにも似た口唇《くちびる》を動かして、

「おまえ――ボクのパンツ見たろ？」

どっぱーん、と俺の心に日本海の冷たい荒波が押し寄せた気がした。

なにこれ……怖すぎ。言ってる内容がどことなく間抜けなのが余計に怖い。うう、何がラッキーカラーは赤だよ。とことんハズレてんじゃねーかあの占い……。

「さ……さあ？　何のことだ？　おお俺は、何も見てないぞっ」

白々しくも嘘《うそ》を吐いていた。だってねえ。「ええ、見ましたよ。ばっちり見ちゃったさ。おまえって意外に可愛《かわい》い下着穿《は》いてるんだなぁ」なんて言えばいいのか？　無理だ。地雷《じらい》原《げん》の上でブレイクダンスを踊るようなもんだぞ。

「ふうん。あんなにはっきり見たのに、見てないって言うのか」

相変わらずの冷淡な口調。

上等だ。こうなったらとことん白《しら》を切ってやる。旧東ドイツなみの拷問《ごうもん》が繰り広げられようと口を割らないぞ。

「いい加減楽になれ。見たんだろう？　しっかりと目に焼き付けたんだろう？　ボクのパンツが見たくてあのドアを開けたんだろう？」

「そんなわけあるか！　誰《だれ》がおまえのパンツなんか見るかよ！　俺《おれ》は大人《おとな》だからな！　あんなキャラ物の下着じゃ興奮できねえんだよ！」

「…………。悪かったな、キャラ物の下着で。それはそうと、どうしてボクのパンツの柄を知ってるんだ？　見てないんじゃなかったのか？」

「…………」

しまった！　誘導尋問だったのか！

「お、落ち着け！　ほんの出来心だったんだ！」

「黙れ変態。もはやおまえに人権はないぞ」

「ざけんな！　俺だって好きでおまえのパンツを覗《のぞ》いたわけじゃねえ！」

「ほう。じゃあ、さっきのが事故だっていうのか？」

「当たり前だ！　おまえがやけに可愛らしいパンツ穿いてるから、ビックリして思わず凝《ぎょう》視《し》しちまっただけだろうがっ！」

「……もういい。わかった。おまえがどんな人間なのかはよくわかったから」

ジトーっとこちらを睨《にら》む近衛《このえ》。くぅ、なんて眼《め》をしてやがる。まるで真性の性犯罪者でも蔑《さげす》むような冷たい眼だ。ちくしょう、俺が何をしたっていうんだ……！

「くそっ！　さっきから好き勝手言いやがって！　俺が変態ならおまえはド変態だろうが！　女物のパンツなんか穿いてるくせ──」

と。

そこまで言って俺は黙った。

正確には黙らされた。

何の前触《まえぶ》れもなく繰り出された近衛の右拳《みぎこぶし》が、俺から言葉を奪っていた。

「ぐほっ!?」

突き刺さるボディブロー。的確に急所を打ち抜いた衝撃に、身体《からだ》がくの字に折れ曲がる。

──いかん。

出る。

このままだと胃の中身がまるっと強制召喚されてしまう。学年が上がって早々、廊下で生温かいゲロをぶちまける。どんな罰ゲームだ。そんな鮮烈で痛々しい新学期デビューができるか！

食道を這《は》い上ってきた悪魔たちをギリギリで叩《たた》き返して、なんとか呼吸を整えていると、

「……驚いた。今のは最低でも気絶、下手《へた》をすれば吐血《とけつ》だってあり得る一撃だったのに、よく耐えたな」

「………」

おい、こら。いきなりそんなもんをクラスメイトに打ち込むんじゃねえよ。

そう言えば、近衛《このえ》は執事として主《あるじ》を守るために護身術《ごしんじゅつ》を習っているという噂《うわさ》を聞いたことがある。確かに、今のはばっちり急所に命中してたな。

だが、おあいにくさま。

この程度の打撃なら、家庭の事情で五歳の頃《ころ》から喰《く》らってる。自分で言うのもなんだが、俺《おれ》はそれなりに打たれ強い身体《からだ》をしているのだ。

「仕方ない。では、こっちも本気を出そう」

「へ？」

「ちなみに、今のは全力の半分程度のパワーだからな」

「……………。おまえはどこのバトルマンガの主人公だ。それに、なんで俺が殴られなきゃな

らないんだよ」

「ふん。そんなの決まっているだろう。おまえはボクの秘密を知ってしまった。知られたからには、消えてもらう」

「なっ」

なんじゃそりゃ。死ぬの？　俺ってパンツ見たせいで死んじゃうんですか？

「怖がることはない。消すのは命じゃなくて記憶の方だ。ボクの家には、代々伝わる記憶消去術がある」

「な、なんだよ……ビビらせやがって。けどそれってどんな方法なんだ？」

「殴る」

「――は？」

「聞こえなかったか？　殴るんだ。これからボクはおまえの記憶が飛ぶまで殴り続ける。それが執事の記憶消去術だ」

「死ぬ！　それこそ命が消える！　ていうかその方法に執事は関係ねえだろ！」

「安心しろ。すぐに終わる。目覚めたら病院のベッドの上だ。そこでおまえは『ここはどこ？　私は誰《だれ》？』と呟《つぶや》くことになる。ほら、何もかも丸く収まっただろう？」

「収まってねえ！　廃人じゃん！　俺が廃人になってんじゃん！　生まれてから十六年間の大切な思い出までリセットされちゃってるぞ！」

「心配するな。月二回は見舞いに行ってやる。手ぶらでな」

「何か持って来いよ！　それが自分が廃人にした人間に対する配慮か!?」

「むぅ、仕方ないな。じゃあエッチな本だ。何がいい？　熟女《じゅくじょ》か？」

「おまえは俺《おれ》の趣味を激しく誤解している……！」

「……なんだと？　まさかそれ以上だと言うのか。むー……。まさか自分のクラスメイトにそこまでの勇者がいるとは。よし、おまえの伝説はボクが語り継いでやる。安心して眠るがいい、シルバーキラー」

「すっげえ不名誉なあだ名つけられたぁ——————っ！」

ガラガラと。

俺の中の近衛《このえ》スバル像が崩れていく音が聴こえた気がした。

やばい。どうかしてる。コイツ、顔は可愛《かわい》いけど中身は割とどうかしてるぞ。ううう、どうしよう。俺がいくら秘密を守るって言っても、たぶん今の近衛には通じない。かと言ってこのままリンチにあうのもごめんだ。

「……くそ、しゃあねぇな」

ゆっくりと背筋を伸ばして立ち上がる。

こちらの空気が変わったのを察したのか、近衛は「むっ」と短く息を吐いた。

「なんだ。抵抗する気か？」

「ああ、あいにく痛いのは嫌いなんだ。だから、やるだけやってみることにした」

「──いい覚悟だ。ボクはそういうのは嫌いじゃないぞ、シルバーキラー」

「……なあ。頼むから、そのあだ名やめてくれないか？」

──と。

近衛は握った拳《こぶし》を構えながらバックステップで俺と距離を取った。

かかって来い。

そんな風《ふう》に言っているように思えた。

ピリピリと肌を刺す気迫。

やる気満々の執事くんに応《こた》えるように俺は静かに足を踏み出す。

そう──後ろに、ゆっくりと足を踏み出した。

「なっ──」

瞬間、驚愕《きょうがく》に息を飲む音が聴こえた。

だが遅すぎる。

すでに俺の身体《からだ》はくるりと方向転換して一目散《いちもくさん》に走り始めていた。

逃走。

逃走である。

こう見えても逃げ足の速さにはちょっと自信があるんですよ。

「お、おまえ！　逃げる気か！」

背後から近衛《このえ》の声。さすがに焦っているらしい。

「悪いな！　あいにく痛いのは嫌いなんだよ！」

叫びながらも全力で放課後の廊下を駆け抜ける。

ダッシュダッシュダッシュ。

当てはないが逃げられるところまで逃げよう。とりあえずあいつの手の届かないところまで。その後のことは、落ち着いてから考えればいいさ。

「逃がすかっ！」

うひぃ、やっぱり追いかけてきやがった。迫り来る足音とプレッシャー。気分は第二次世界大戦中のレジスタンス。スリル満点である。

「男らしく戦え！　そうすれば執事の情けで一撃で仕留めてやるぞ！」

「どんな情けだ！　ていうか女みたいな顔したヤツに男らしくなんて言われたかねえ！」

「い、言ったな！　言ってはいけないことを言ったな!?　そこを動くな！　きっちり二秒で八つ裂きにしてやるぞシルバーキラー！」

「だからそのあだ名はやめろっつってんだろ！」

背筋に感じる威圧感。速い。ガルルっと唸《うな》り声《ごえ》が聞こえてきそうな勢いである。

ここは二階だ。一階に逃げるという手段もあるが階段はマズい。きっと上から飛《と》び蹴《げ》りを喰《く》らう。それなら……！

階段をスルーしてその先にある教室に飛び込む。鼻につく薬品の臭《にお》い。そう、理科室だ。

別に理科室だからどうということもないが立て篭《こ》もるのには十分。

ガラガラと扉を閉めて、鍵《かぎ》を施錠《せじょう》する。よし、あとは何かで扉が開かないように塞《ふさ》いで窓から飛び降りればいい。お、ちょうどいい所に人体模型（確か名前はジョニー）が。ラッキー、こいつで扉を――。


どぎゃっ。


人体模型で扉を固定しようとした瞬間、理科室に響く破砕音《はさいおん》。

ひどく嫌な予感を感じながら音のした方に目をやると、そこには鮮やかに宙を滑空《かっくう》するドアの姿。

近衛が、ドアを蹴破《けやぶ》っていた。

「うおおっ!?」

弾《はじ》け飛んだドアをかわす。がちゃがちゃと音を立てて床にぶちまけられる人体模型の内臓たち。うわー、大腸と肝臓が割れてえらいことになっちゃったぞ。

「追い詰めたぞ」

バキバキと桃色の小腸を踏み砕きながら理科室に入ってくる執事。どんだけシュールなシチュエーションだよ。

くそぅ、こうなったらやるしかない。こんな可愛《かわい》い顔したヤツに暴力を振るうのは気が引けるが、近衛《このえ》だって男だ。男なら、手加減なんか必要ない。

床に倒れていた人体模型の足を掴《つか》んで持ち上げる。よし、バッティングセンターだ。狙《ねら》うはホームラン。景品は貰《もら》えないが遠慮なしに振り抜け！

「うらあああっ！」

全力で人体模型をフルスイング。傍《はた》から見たら正気を疑うような光景だが今の俺《おれ》にはこれしかない。空気を切り裂く人体模型の側頭部が、近衛をジャストミートしようとして、

「なめるな！」

怒号一閃《どごういっせん》。

打ち込まれた近衛の右ストレートが人体模型の首から上をふっ飛ばしていた。

砲弾のごとく飛んだ生首は、そのまま窓を割って消え去る。

「う、うわっ⁉」「きゃあああああ生首ぃいいっ！」と階下から響く男女の悲鳴。どうやら仲良く下校しようとしていたカップルの前に落下したようだ。きっと阿鼻叫喚《あびきょうかん》の地獄絵図《じごくえず》となっているだろうが、そんなことはどうでもいい。

……まいったな。

もう後《あと》がないじゃん。

これは、覚悟を決めた方がいいらしい。

心の中でそう噛《か》みしめながら、俺はゆっくりと拳《こぶし》を構えた。頭部をガードできるよう両腕をしっかり上げた構え。経験上、これが最も俺に向いたスタイル。そう、これでもズブの素人《しろうと》ってわけじゃないのである。

「やっとやる気になったみたいだな」

応《こた》えるように、近衛もファイティングポーズを取った。

こちらを突き刺す鋭い眼差《まなざ》し。

やがて——開戦を告げるかのように、その口唇《くちびる》が言葉を紡《つむ》ぐ。

「今度こそ仕留めてやるぞ。ボクの『執事ナックル』でな」

「………」

うわー、ダセえ。なんだよ、執事ナックルって。そのまんまじゃねーか。新手の変化球かと思ったよ。

「どうでもいいけど、おまえってネーミングセンスないな」

「なっ……何を言う！　かっこいいだろ!?　ほら、執事ナックル！」

「いや、かっこ悪いよ。執事ナックル」

率直な感想を伝えてやると、近衛は顔を赤くしてううっと唸《うな》った。

……もしかして、恥ずかしがってるのか？

「くぅ……こんな侮辱《ぶじょく》を受けたのは生まれて初めてだ。もう許さないぞ。おまえには、ボクの必殺技を喰《く》らわせてやる」

「必殺技？」

「そう、名づけて『エンド・オブ・アース』」

「スケールでけぇぇえっ！」

滅ぼしてんじゃん、地球。そんなの使ったらおまえも死んじゃうだろ。

「やっぱり、そのネーミングはどうかと思うよ」

「う、うるさいな！　ボクのネーミングにケチをつけるな！」

「………。ごめん、俺《おれ》が悪かったよ。おまえだって、一生懸命考えたんだよな……」

「なっ……なんだその悟りきった顔は！　そんな可哀想《かわいそう》なものを見るような目でこっちを見るなよ！」

くそぅ……かっこいいと思ったのに……一週間もかけて考えたのに……と近衛《このえ》は小さな子供みたいに口唇《くちびる》を尖《とが》らせて拗《す》ねた。

………。

やばい。

なんかコイツ……すげえ可愛《かわい》いぞ。

普段の憮然《ぶぜん》とした態度とのギャップに、なんだかグッときて――いや、やめろ。やめるんだ。これ以上思考を進めれば、俺は大人《おとな》の階段をスキップで登ることになる。もちろん、一般人とは違うルートで。それだけは、何としても避けなくては……！

ふうっと息を整えながら、気持ちを替える。

そういやケンカなんて久しぶりだ。

そう考えたら、どくんと心臓が大きく脈打った。

「――――」

――緊張が、理科室を支配する。

自分の息遣いがやけにはっきりと聴こえ、身体《からだ》の芯《しん》が冷たくなっていく。

張り詰めた空気。

その中で――先手を打とうと、俺が間合いを詰めようとして、

気付いた。

近衛の横にある棚。たぶんさっきの争いでバランスが崩れたのだろう。その上にある大きな硝子《がらす》製のビーカーが、今にも落ちそうになっていた。

近衛は気付いてないっぽい。角度的に見えないのだろう。徐々に傾き始めたビーカーは、

糸が切れたように自由落下して、
「避けろ！」
反射的に身体《からだ》が動いた。
不意に張り上げた声に近衛《このえ》は口を開けてぽかんとしている。
くそ、まだ気付いてないのかよ！
——当たる。
このままじゃ、あいつの頭に硝子《がらす》でできたビーカーが——。
「くっ！」
頼む。間に合ってくれ。
そう祈りながら、俺《おれ》は力いっぱい近衛を押し倒した。
衝撃。
そして硝子の割れる甲高《かんだか》い音色。
振り返ると、俺たちのすぐ後ろにバラバラに砕けたビーカーの破片が散らばっていた。
……危ねえ、間一髪じゃん。
去ってくれた危機に、とりあえず胸を撫《な》で下ろしていると——。
「うっ……」
下から苦しげな声。

見ると俺に押し倒された近衛がうめいていた。ひょっとしてどこか痛めたのかなと不安になりながら近衛の上からどこうとして……。

瞬間、心臓が凍りついた。

俺の下にいる近衛。

人形のように華奢《きゃしゃ》な身体。整った輪郭《りんかく》。水晶玉の瞳《ひとみ》。

……やべえ、なんだこの可愛《かわい》い生き物。

ふわりとかすかに漂う香り。男のくせになんていい匂《にお》いなんだ。それに柔らかい。わずかに弾力のある感触が俺の掌《てのひら》に吸い付くように――。

「……あれ？」

ちょっと待てよ。

いくらなんでもこの感触はありえなくないか？　ふにゅふにゅと近衛の左胸に乗った指を動かしてみる。

………。

おかしい。

おかしいおかしいおかしい。

どうしてコイツ――男のくせに胸があるんだ。

「きゃあああああああっ！」

女の子みたいな甲高《かんだか》い悲鳴。

同時に、俺《おれ》は下から繰り出された拳《こぶし》を喰《く》らっていた。

「ごはあっ！」

近衛《このえ》のアッパーカットが顎《あご》をジャストミート。呻《うめ》き声《ごえ》を上げながらふっ飛ぶ俺。幸か不幸か身体《からだ》はビーカーの破片を避けるように理科室の床にダイブしていた。

「痛てて……」

強《したた》かに打ちつけた痛みを堪えながら、殴られた顎を触ると、ぬるっとした感触が掌《てのひら》に残った。

……ぬるっ？

不思議に思って見てみると、なんと掌が真っ赤に染まっていた。

血。

鼻血だ。

ぽたぽたと垂れる鮮血。

おかしなことに、顎を殴られたはずの俺は、なぜか真《ま》っ赤《か》な鼻血を出していた。

「なっ、そんな、どうして……」

どうして。

どうして女の子に触ったわけでもないのに鼻血が出ているんだ？

「さ、触ったな……」

震える声が聞こえた。血に染まった掌から視線を移すと、近衛が胸を両腕で抱きしめるように押さえながら、顔を真っ赤にして震えていた。よく見ると微《かす》かに目が潤んでいる。

「ま、まさか、近衛さん……」

俺の声もぶるぶる震えている。

そりゃそうだ。相手はあのスバル様だぞ。学園一の美少年で、学園中の女子の憧《あこが》れだ。なのに。それなのに。

「おまえ……女の子なのか？」

脳内でベートーヴェンのゲリラコンサートが開催された。曲目は『運命』。あのジャジャジャジャーンってヤツである。

女の子。

近衛スバルは、女の子でした。

いや、なんでこんな可愛《かわい》い女の子が男の格好して高校に通ってんだよ。

きっとドッキリに違いない。なるほど。あと二秒もしたら「あはは！　バーカバーカ！　こんな仕掛けに引っかかってんじゃねえよおっぺけぺーっ！」とか言いながら看板持った仕掛け人が突っ込んでくるのか。はは、そうであってくれ。マジで頼むから。

「――殺す」

瞬間、ひぃっと情けない悲鳴をあげそうになった。

悪寒《おかん》。

言いようのない悪寒が肌を襲う。

目の前には近衛《このえ》。

真《ま》っ赤《か》な消火器を構える近衛スバル。

「……って、消火器ぃいいいいいっ!?」

間違いない。あれは消火器だ。幼稚園児でもわかる。たぶん理科室に備え付けてあったヤツだろう。ひどく金属質で赤いそれを、近衛は悠然《ゆうぜん》と構えていた。

「ちょ、ちょっと待ってくれ近衛さん。そんなので殴られたら、記憶が飛ぶどころじゃすまない気がするんですけど……」

「ああ、そうだ。おまえみたいな変態は、この世界にいちゃいけないんだ……」

「じっ、事故だ！　あれは事故だったんだ！」

「何が事故だ。ボクの……ボクの胸を触って興奮して鼻血まで出したくせに……！」

ううっ、と恨めしげに近衛は唸《うな》った。

「違うんだって！　俺《おれ》は興奮して鼻血を出したわけじゃない！　これは俺の身体《からだ》が――」

「問答無用。心配しなくても死体はちゃんとここの壁に埋めてやる。そしてボクは将来この教師になろう。そうしておまえの死体が誰《だれ》にも発見されないように見張っておくんだ」

げっ。なんてこった。コイツ、完全犯罪を狙《ねら》ってやがる！　というかマズい。恐怖で腰が抜けてしまった。うわあああ動けえ！　動いてくれ俺の身体ぁ――――っ！

「さあ、終わりだ。絶望を噛《か》み締めながら、死ぬがいい」

死刑宣告が下る。

朝の占いによると、本日の俺のラッキーカラーは赤らしい。

ああ、しばらくあの番組は見ないようにしよう。

視界に映る真っ赤な消火器。

それが側頭部を直撃する瞬間、俺はそんなことを思った。

♀×♂

「ぎゃあああああああああっ！」

唐突に意識が覚醒《かくせい》した。横になりながら、ばくばくと拍動《はくどう》する心臓を左手で押さえつける。そう、あろうことか自分の上げた悲鳴で目を覚ましていた。

「……なんて、目覚めだ」

最悪だ。

とんでもない夢を見ちまった。あのスバル様が女で、しかもそれを知ってしまったばっかりに殺されるなんて……。思い出しただけでも怖気《おぞけ》が走る。悪夢だ。映画『エクソシスト』に出てくるブリッジウォークを間近で見た気分に近い。

「……起きるか」

ため息を吐いて呟《つぶや》いた。

枕元《まくらもと》にあった眼鏡《めがね》をかけて視界をはっきりさせる。とりあえず今は何時なんだろう。さすがに新学期早々遅刻するのは印象が悪いしなぁ。

「……って、あれ？」

回復した視界。そこにあるのはおかしな光景だった。まず、自分の部屋じゃない。天井にある細長い蛍光灯。それに照らされる薬品の詰まった棚と大きな白いベッド。何もかもが見慣れた自分の部屋とは違っていた。

保健室。

間違いない。何回か来たことがあるからわかる。ここはうちの学園の保健室だ。でもどうして俺《おれ》は保健室なんかで寝てるんだろ。

とりあえず、起きよう。

寝起きの脳ミソでなんとかそう判断してから、俺は被《かぶ》っていた布団を剥《は》ぎ取ろうと右手を動かした。

――が。

突然、ジャラっという音と共に、右手の動きが止まる。

「……ジャラ？」

耳障《みみざわ》りな金属音。動かない右手。不審に思って見てみると、そこには鈍い銀色をした金属のわっか。

手錠。

手錠である。

驚くことに、銀色で無機質な拘束具《こうそくぐ》が、俺の右手とベッドの柱をしっかりと恋人同士のように繋《つな》いでいた。

「………」

えーっと、なんですかね。

ひょっとして、俺はまだ夢を見ているのか。だとしたら相当タチの悪い夢だ。そのうちフレディ・クルーガーとか出てきちゃうかもしれん。

どうにか抜け出そうと、がちゃがちゃと手錠で繋がれた右手を動かす。

くそ、ダメだ。案《あん》の定《じよう》ビクともしない。きっといきなり首輪を付けられた野良犬《のらいぬ》はこんな漠然《ばくぜん》とした不安を味わったに違いない。でも犬はいいよな。繋《つな》がれてさえいればエサは貰《もら》えるんだ。今の俺《おれ》よりは随分マシである。

「――っ！」

不意に鈍い痛みが走った。頭痛。それもひどい頭痛だ。思わず左手で頭を押さえる。おかしいな……まるで何か硬い物で頭を激しく殴打《おうだ》されたみたいな……。

「……ん？」

待てよ。

動くってことは、左手は繋がれてないのか？

確かめるように、左手を動かしてみる。おお、やっぱり。繋がれているのは右手だけか。

自由に動く左手。少しでも状況を把握しようと、俺は左手で被《かぶ》っていた布団を引っぺがしてみた。

「………っ⁉」

その瞬間――二度目の悲鳴を上げかけた。

女の子。

女の子だった。

艶《つや》やかな黒髪をツーサイドアップにした少女が、俺に寄り添うようにしてすやすやと眠っていたのだ。

（ぎゃあああああああああああっ！）

Ｆ1なみのロケットスタートをかました悲鳴を必死に噛《か》み殺す。呼吸が止まる。いや、下手《へた》したら心臓すら止まっていたかもしれない。

そりゃそうだ。今現在隣で寝息を立てている女の子（当然ながら服は着ている。制服だ）には、ひどく見覚えがあったのだ。

近衛《このえ》と同じ、一般生徒とは別物のどこかブルジョワな感じの制服。普通なら校則違反なのだが、コイツのバックボーンを考えれば黙認されるのも納得がいく。

この浪嵐《ろうらん》学園で女子にとっての憧《あこが》れが近衛なら、彼女こそが男子にとってのアイドル。

抜群のプロポーションと美貌《びぼう》。クール＆ビューティー。そんな印象の落ち着いた物腰《ものごし》。

頭脳明晰《ずのうめいせき》かつ文武両道というパーフェクトな成績を持つ完璧《かんぺき》な……それこそ非の打ち所のない優等生。

涼月奏《すずつきかなで》。

そう、あの近衛が「お嬢様」と呼んで仕《つか》える主《あるじ》であり、この学園の理事長の一人娘でゆくゆくはここら一帯をしきっている名家——『涼月』の本家を継ぐと言われている筋金入りのお嬢様。それこそが涼月奏《すずつきかなで》——今現在俺《おれ》の隣に寝ている少女だった。

ちなみに同じクラスであるが、まだろくに喋《しゃべ》ったことはない。当たり前だ。平凡な一般男子と学園一の美少女。その間にはマリアナ海溝《かいこう》より深い溝があるのだ。

でも、どうして。

どうしてそんなヤツが、俺の横で眠っているんだ。

「う、ん……」

小さな寝息。

……マズい。

背中から脂汗《あぶらあせ》が噴き出した。

女。

間違いなく今俺の隣にいるのは女の子だ。近い。息すら吹きかかりそうな距離である。

こんな近くに女に来られたら……。

「……ん。……あら、起きたの？　坂町《さかまち》くん」

凛《りん》とした響き。目が覚めたのか、ぱっちりと瞼《まぶた》を開けた涼月は俺の顔を見るなりベッドから降りた。

「大丈夫かしら。その手錠、痛くない？　サイズ的には小さくないと思うんだけど」

「……は？」

……………。

ちょっと待て。

この女、今何気《なにげ》にとんでもないことを言わなかったか？

「安心して、坂町くん」

状況のわからない俺に、涼月はいつもの落ち着いた感じで続けた。

「手術は、無事成功したわ」

「……え？」

「これであなたも、晴れて我々ショッカーの一員となったのよ」

「な、なにぃいいいいいいいいっ!?」

驚愕《きょうがく》する俺。手術って、改造手術だったのか？　しかもショッカーって……。どうしよう。涼月奏。この女、意外に対象年齢が高いのかもしれん。

「さあ、改造人間となったあなたはもう普通の人とは違うわ。試しに『変身っ！』って叫んでみて。それであなたに秘められた力が解放されるから」

「な、なんだと!?　よ、よし！　わかった！　いくぞ！　——変身っ！」

ベッドに横になったままで俺は熱く叫んでいた。

静寂《せいじゃく》。

保健室を冷たい静寂が支配する。

……。

当然ながら、何も起こらない。変身なんてするわけがない。

というか、俺《おれ》は何をやっているんだろう。恥ずかしい。高校生にもなって「変身っ！」とか叫んじゃったよ……。

「く、あはは……」

笑い声が聞こえる。

信じられないことに、あの涼月《すずつき》が笑っていた。お腹《なか》を押さえて、窒息死《ちっそくし》しそうなくらいに悶《もだ》えていた。

「く、ふふふ。変身……。高校生にもなって変身……。あは、あはは。すごい。壁画《へきが》にして後世《こうせい》に伝えたいくらいの衝撃映像だったわ」

「……」

あのー、いくつか質問があるんですが。コイツ、本当に涼月奏《かなで》か。なんて言うか、クラスにいるときと印象が違いすぎる。普段の涼月はこう……おしとやかで、それこそ深窓《しんそう》のお嬢様って感じだったのに。まあ、美人なのは変わりないんだけど。

「あの……涼月さん。ちょっと訊《き》いてもいいか？」

「ふふ、何かしら坂町《さかまち》くん。それともクラスのみんなみたいに『ジロー』って呼んだ方がいいかしら？」

「別にどっちでも構わないけど……」

ジローは昔からある俺のあだ名だ。坂町近次郎《きんじろう》。略してジロー。

「ありがとう、ジローくん。訊きたいことはいっぱいあるでしょうから、ゆっくりでいいわよ」

ふふん、と上品に微笑《ほほえ》む涼月。

……なんてこった。

今、一瞬だけだが確かに見とれてしまった。くぅ、やっぱりコイツは涼月だ。学園一の美少女。その肩書きは伊達《だて》じゃない。普通に喋《しゃべ》るだけなのに緊張してしまう。

「じゃ、じゃあ、訊くぞ？　俺のことを手錠で繋《つな》いだのって、おまえ？」

「そうよ。気をつけてね。それが外れると、ジローくんの右腕の封印が解けちゃうから」

何だよそのかっこいい設定。俺はバトルアニメの戦闘担当か。

「……わかった。その点については保留しよう。次だ。なんでおまえが俺と一緒に寝てたんだよ？」

「あら、いけなかった？　ちょっと仮眠してただけなのに」

「だけなのにって……」

うわー、平然と訊き返されちゃったよ。この女、少しは恥じらいってものを持ってないのか。俺だって健全な男子高校生なんだぞ。

「心配しないで。私だって左手一本のあなたに犯されるつもりは毛頭《もうとう》ないから」

「おまえは俺《おれ》をどんな人間だと思ってんだよ！」

誰《だれ》がそんなことするか。それにこの保健室にはもう一つベッドがある。今はカーテンに仕切られて見えないが、たぶん無人のはずだ。眠るならそっちで眠ればいいのに。

「……そういや、保健の仲本《なかもと》先生は？　あの人はどこにいったんだ？」

時計を見るとまだ夕方の六時すぎ。普段、この時間なら保健教愉の仲本先生が待機しているはずである。あの人が職務を放棄していなければだけど。

「ああ、彼女は権力に屈したわ」

「権力？」

「ええ。こう、ほっぺたを何度か往復ビンタしたら泣きながら保健室から出て行ったの」

「おまえは善良な女性教諭《きょうゆ》に何してんだ！」

それは権力じゃなくて暴力だ。かわいそうに。仲本先生は気の弱そうな若い女の先生だった。きっと今ごろ自分の車の中でひっそりと嗚咽《おえつ》を零《こぼ》しているかもしれん。

「心配しないで。ビンタといっても掌《てのひら》じゃないわ」

「え？」

「そう。札束で二、三回頬《ほお》を叩《たた》いたら、涙を流しながら保健室から走り去ったの」

「買収！　それって買収って言うんだよね⁉」

「私がジローくんのことを訊《き》いたら『ああ、そんなヤツはどうでもいい！』って快くここの鍵《かぎ》をくれたわ」

「売られた！　俺の人権が人知れず売られていた！」

「ちなみに、値段は一万円」

「安っ！　それが人一人の値段かよ!?」

「何を言ってるの？　人の命に値段なんて付けられるわけないじゃない」

「付けたのもおまえだし買ったのもおまえだっ！」

それに札束って言っても全部千円札じゃねえか！　そんなんで生徒を売っぱらう保健教諭って一体……。

「仲本先生……。やっぱり若いから色々と苦労してるのかな」

「かもしれないわね。けどわかったでしょ？　あなたの生殺与奪権《せいさつよだつ》は今私が握っているの」

涼月《すずつき》は静かに口唇《くちびる》を歪《ゆが》めた。

……怖っ。本能的な恐怖を感じる。女吸血鬼の前に放《ほう》り出された気分だ。気を抜けばガブリと噛《か》みつかれるかもしれん。ぶるぶる。

「さて、どうしようかしら。まずは耳よね」

「耳!?　おまえは俺の耳をどうするつもりだ!?」

「ふふ、冗談よ。さすがに私もそこまで鬼畜《きちく》じゃないわ。最初はもちろん去勢《きょせい》――」

「待った！　何が望みだ涼月《すずつき》さん！　俺《おれ》にできることならなんでもするぞ！」

がちゃがちゃと手錠を鳴らしながら全力で叫んだ。

涼月奏《かなで》。

認識を改めよう。コイツ、ただのお嬢様じゃない。ただのお嬢様が、こんなふざけた性格してるわけがない……！

「勘違いしないで。あなたが私にできることなんて何もないわ」

はっきりと涼月は断言した。

「あなたを拘束《こうそく》しているのは、あなたが私の執事の秘密を知ってしまったからよ」

「……………」

ああ、やっぱりか。コイツが出て来た時点で薄々そうじゃないかって思ってたんだ。さっきの悪夢は俺の想像なんかじゃなくて、どうしようもない現実。つまりは……。

「なあ……なんで近衛《このえ》って男の格好で学園に通ってるんだ？」

一番の疑問を訊《たず》ねた。コイツなら――近衛スバルの主《あるじ》であるこの女なら、すべてを知っているはずだ。たぶん。

「強《し》いて言うなら、家庭の事情ね」

「家庭の事情？」

「ええ。あの娘《こ》の……スバルの家系の男子は代々私の家に執事として仕《つか》えてきたの。だから、あの娘も執事をしているのよ」

「……なんでそんな面倒な。わざわざ女の近衛がやらなくても、他《ほか》の兄弟とかにやらせればいいじゃねえか」

「それができればいいんだけどね」

涼月はほんの少しだけ眉《まゆ》をひそめた。

……あれ？　なんかマズいこと言ったのかな、俺。

「スバルは一人っ子よ。だから私の執事をやってるの。他に兄弟がいたら、あの娘は執事なんかやってなかったでしょうね」

「そ、そうなのか。じゃあ仕方ないよな……」

なぜか。彼女の口調からは突き放すような感じがした。まるで、こっちの質問を拒《こば》みたいな……。

「けど、私の父――つまりはこの学園の理事長が、スバルが私の執事でいる為《ため》の条件を出したのよ。その条件が、三年間誰《だれ》にも女だと知られずに学園生活を終えるというもの。つまり、それくらいのことができないようじゃ女に涼月の執事は務まらない。きっとそう言いたかったんでしょうね」

「……え？　それってつまり……」

「そう。スバルは今日、あなたに自分が女であることを知られてしまった。あの娘は自分が涼月《すずつき》の執事であることに並大抵じゃない拘《こだわ》りを持ってるの。だからあなたの口をどうにか封じようとした。……ごめんなさい。私の執事が迷惑をかけたわ」

「………」

そういえば、近衛《このえ》はどこにいったんだろう。まさか、秘密がバレたショックで引きこもりにでもなったんじゃ……。

「なあ、近衛はどこにいるんだ？」

「ふふ。心配してくれてるの？　まあ、あなたが会いたいんならすぐに会えるわ。だって——スバルはこの部屋にいるんだもの」

「……へ？」

この部屋にいる？　どこに？

きょとんとする俺《おれ》を尻目《しりめ》に、涼月はもう一つのベッドの方に歩いていって、そこを仕切っていたカーテンを開けた。

「な——」

瞬間、言葉を失った。

俺が拘束《こうそく》されているベッドの隣にあるもう一つのベッド。

確かに、近衛スバルはそこにいた。

「んぐっ！　んぐぐっ！」

声にならない声があがる。

当然だ。リングギャグというんだろうか。近衛の口には黒い口枷《くちかせ》が無理矢理《むりやり》詰め込まれていた。しかも、それだけじゃない。全身を覆う銀色の鎖《くさり》といくつもの南京錠《なんきんじょう》。たぶん後ろ手に手錠もされているんじゃないか。

拘束。

目の前の光景に比べたら手錠だけの俺なんてまだ生易《なまやさ》しく思えてくる。文字通り、近衛スバルは徹底的に拘束されて、ベッドの上に座らされていたのだ。

「お、おい、これは、どういうことだ……？」

俺は震える声で訊《たず》ねた。確かに、これじゃ涼月が俺のベッドで眠ってたのにも納得がいくけど……。

「え？　まさか、これでも十分じゃないって言うの？　ふふん、あなたもなかなかサディストね。仕方ないわ。じゃあこの鼻フックを――」

「やめろって！　どうしてこんなマネしたんだ！　近衛はおまえの執事じゃないのか!?」

「えー、せっかくあなたの為《ため》にしてあげたのに」

「俺がいつそんなこと頼んだ!?」

「きっと喜んでくれると思ったのよ」

「あいにくこんな特殊な趣味は持ち合わせてねえんだよ！」

いや、マジで。アブノーマル過ぎる。もうちょっとソフトじゃないとついていけません。

「そう、じゃあ外してあげた方がいいのかしら?」

「当たり前だ」

「わかったわ。後悔しないでね」

「するか!」

したら人間的に終わってしまう気がする。それにしてもなんてヤツだ。自分の執事を拘《こう》束《そく》するなんて。この女、クラスにいるときとは本気で別人じゃねえか。

「げほっ! ごほっ!」

がちゃがちゃとリングギャグが外され、近衛《このえ》が咳《せ》き込《こ》んだ。

「ひ、ひどいです、お嬢様! どうして、どうしてこんなことをするんですか!?」

ああ、そりゃあ抗議したくもなる。自分の主人に拘束されたんだ。労働基準法違反もいいとこだろう。

けど、もう心配ない。あとは身体《からだ》を縛っている鎖《くさり》さえ外せば、近衛は自由に……。

「早く……早くこの鎖を外してください! じゃないとそこの変態を殺せません!」

「………」

……おかしいな。なんか、今ひどく物騒《ぶっそう》な台詞《せりふ》が聞こえたような気が……。

「おい、変態め! そこでガタガタ震えて待っているがいい! 殺してやる! 殺してやるぞ！　おまえの脳ミソをアルゼンチンまでふっ飛ばしてやるからなっ！」

近衛は自由になった口で元気に俺《おれ》への殺害予告を叫んでいた。

うわああ忘れてた！　コイツ、どうにかして俺を闇《やみ》に葬《ほうむ》ろうとしてたんだっけ……！

「そんなに焦らなくても大丈夫よ、スバル。今すぐ外してあげるから」

薄っすらと微笑《ほほえ》みを浮かべながら、涼月《すずつき》が近衛を拘束している鎖に手を伸ばす。

「ちょ、ちょっと待て！　やめろ涼月っ！」

ピタリと。

俺の言葉に涼月の指が止まる。

しかし、その顔は未《いま》だに不気味《ぶきみ》な笑みを湛《たた》えていやがった。

「どうかしたの、ジローくん。私はあなたに言われた通りスバルを自由にしているだけよ」

彼女は、くすくすと心底《しんそこ》楽しそうに口唇《くちびる》を吊《つ》り上げた。

「教えてあげなかったけど、今あなたが無事なのも私のおかげなのよ。放課後、理科室で滅多《めった》打《う》ちにされていたあなたを助けたのは私。その後、暴れるスバルを止めたのも私。どう、ジローくん。少しは自分の立場がわかった？」

「……はい、わかりました、涼月さん」

「え？　ごめんなさい。今なんて言ったのかしら。よく聞こえなかったから、もう一度お願いできる？」

「……はい、助けていただきありがとうございました、涼月《すずつき》様」

「ふふ、わかればよろしい」

満足気に言って、涼月は鎖《くさり》から指を引いた。

……今わかったことがある。

涼月奏《かなで》。

この女、間違いなくSだ。しかもドS。どうしようもなく嗜虐《しぎゃく》趣味持ちだ。クラスにいるときと違って、今の涼月は黒い太陽みたいに燦然《さんぜん》と輝いてやがる。これが学園一の美少女の本性。……あれ？　おかしいな。急に視界がにじんできた……。

「そんな！　この鎖を外してくださいお嬢様！」

ガチャガチャと南京錠《なんきんじょう》を揺らしながら、近衛《このえ》は叫んでいた。

「そこの変態はボクの胸を無理矢理《むりやり》触ったんですよ！　しかも興奮して鼻血まで出した犯罪者予備軍です！　今すぐ息の根を止めましょう！」

「……おい、あれは事故だって言っただろ。悪気はなかったんだ。それに、おまえはもう十分俺《おれ》を殴ったんじゃねえのかよ？」

「黙れ！　殴ったと言ってもそこまでじゃない！　せいぜい消火器がヘコむ程度だ！」

「思いっきり殺人未遂《みすい》だろうが！」

俺じゃなかったら三途《さんず》の川で背泳ぎしてるぞ。こういうときだけは自分のタフさをありがたく感じるよ。

「そもそもどうして男装してるのにパンツは女物なんだ？　トランクス穿《は》けよ」

「う、うるさい！　男物の下着なんか気持ち悪くて穿けるかっ！」

はあはあと近衛は息を整えてから、

「それに、おまえのせいで……おまえのせいでボクは執事をクビになってしまうんだぞ！　どうしてくれるんだ！」

「そう怒るなよ。今の日本で失業なんて珍しいことじゃない。明日あたり一緒にハローワークに行ってやるから」

「そ、そんなのいやだーっ！　ボクは、どうしてもお嬢様の執事でいなくちゃいけないんだ……っ！」

げっ。やばい。コイツ、泣きそうだ。というかもはや泣いている。近衛は嗚咽《おえつ》を堪えながら、目に大量の涙を滲《にじ》ませていた。

「呪《のろ》ってやる！　ボクがクビになったらおまえの枕元《まくらもと》にバケて出てやるからなっ！」

「いや、まだ死んだわけじゃないのに」

「ボクにとっては死んだも同然だ……っ！」

うわあ。どうしよう。はっきり言って俺はうろたえた。家族以外の女に泣かれた経験なんて俺の人生じゃほとんどない。だからこういう状況にはとことん耐性がないのよ。未知のウイルスに感染したようなもんだ。

「大丈夫よ、スバル」

天使のような微笑《ほほえ》み。それは、聞いた者を安心させる穏やかな口調だった。

「私がどうしてジローくんを拘束《こうそく》したと思うの？　あなたが執事をやめないようにするためじゃない」

「…………」

あのー、それってどういう意味ですか。

不吉すぎる発言に抗議しようとした——その瞬間であった。

涼月《すずつき》が、馬乗りになるようにして俺《おれ》の腰辺《あた》りに飛び乗ってきた。

「！」

呼吸が止まる。

軽い。

鳥の羽のようだとまでは言わないが、涼月の身体《からだ》は思ったよりも軽かった。

「……って、そうじゃねえ！」

「何がそうじゃないのかしら」

長い髪をいじりながら、涼月は昼下がりのコーヒーブレイクのごとく落ち着いてやがる。

対する俺は酸欠寸前の金魚みたいに口をパクつかせていた。というか酸欠だった。

「ジローくん。あなたって、何か特殊な体質なの？」

ぎくっ。

「スバルから聞いたの。あなたが鼻血を出したとき、身体がどうとか言ってたって」

ひいっ。この女いきなり痛いところを突いてきやがった。心臓がペースを上げる。今にも口から発射されちゃいそうだ。

「ねぇ、黙ってるつもり？」

涼月判事による臨時裁判が開廷。被告人はもちろん俺。こうなったら黙秘権《もくひけん》だ。拘束されて動けない以上、屍《しかばね》のように無口になってこのピンチを乗り切るしかあるまい！

「別にいいわよ。それなら——身体に直接訊《き》くから」

「えっ？」

驚く俺の腰の上で、彼女は口元を歪《ゆが》めた。その白い指が俺のシャツのボタンを次々と外していく。

「お、おい、何で服を脱がすんだよ」

「静かにして。手元が狂って内臓を傷つけちゃうかもしれないでしょう」

「さらりと怖いこと言うな！」

「ちなみに、私の握力は片手だけで八十キロを超えるわ」

「嘘《うそ》つけ！」

「ふふ、バレちゃった。でも大丈夫。私の家に代々受け継がれてきた拷問法《ごうもんほう》の中に、肋骨《ろっこつ》を一本ずつ――」

「やめろ！　わかった！　もうわかったから俺《おれ》に触るのはやめてくれぇ――――っ！」

魂を込めた絶叫も、涼月《すずつき》には届かなかったらしい。

はだけたシャツの隙間《すきま》から、白い指が俺の肋骨の上をヘビみたいに這《は》っていく。細い指先。冷ややかなその体温に、心臓がどくんと跳ねた。

――マズい。

身体《からだ》の一点に血液が集まっていくようなこの感覚。

顔が熱い。鼻の奥がひどくツンとする。

……ダメだ。もう、我慢できない。

ぷしゅっ。

そんな、何かが噴き出すような音。

視界の中に飛び散る赤。

鼻血。

案《あん》の定《じょう》、俺は涼月に身体を触られて鼻血を出していた。

「こ、このド変態！　お嬢様に！　お嬢様にまで欲情して鼻血を出すなんて……！」

隣のベッドから怒り狂った声が聞こえた。

正面には涼月《すずつき》。その顔や身体《からだ》には飛び散った俺《おれ》の血がついてしまっている。

「ふふ……なるほど。面白いわね」

涼月は少し考えるように目を細めてから、

「まさか、女の子に触られただけで鼻血が出ちゃう身体なんてね」

「え？」と近衛《このえ》の頭の上にはクエスチョンマークが浮かんでいた。きっと俺の頭の上にも絶望の二文字が乗っかっているに違いない。

知られた。家族以外の誰《だれ》にも言ってなかった俺の恥ずかしい秘密が、クラスの女子に知られてしまったのだ……。

「アレルギーかしら？　それにしては聞いたことがない症状よね」

「……いや、アレルギーなんかじゃない。これは、後天的で人為的《じんいてき》なものなんだ……」

なあ、坂町朱美《さかまちあけみ》って知ってるか？　と俺は静かに切り出した。

「知ってるわよ。ちょっと前まで、テレビとかによく出ていた人でしょう。確か職業は――女子プロレスラー」

その通り。坂町朱美。『鮮血の女王』の異名を持つ女子プロレスラーで、数々のタイトルを獲得したプロ格闘家でもある。世間的にも有名で、それこそテレビにも頻繁《ひんぱん》に出ていた。

　そして、何を隠そう……。

「実はあの人、俺の母親なんだ」

「……それは初耳ね」

　意外に驚いている涼月。

「でも、それとおまえの症状にどんな関係があるんだ？」

　不思議そうにしている近衛。

　そう、一見なんの繋《つな》がりもないように見えるが、これが関係大有り。それこそガンダリウム合金以上に強固な関連性があるのだ。

「その、なんて言うか……シバかれるんだ」

『は？』

　俺の言葉に、近衛と涼月は二人揃《そろ》ってぽかんと口を開けた。

「家の母親は格闘技とかそう言ったもんが大好きでさ。おまけに一つ年下の俺の妹も。俺はガキの頃《ころ》からそんな家族の技の実験台や練習台として、シバかれて育ったんだよ……」

　ああ、思い出すだけでも身の毛がよだつ。

　サンドバッグ。

　一言で言うなら俺の家族内でのポジションはサンドバッグだった。

ブレーンバスター、STO、フランケンシュタイナー、テキサスクローバーホールド……etc。この身に受けた技は夜空に浮かぶ満天の星よりも多い。

「『これはおまえを鍛えるためだ！』とか『愛の鞭《むち》！』とか『お兄ちゃん大好きっ！』とか……そんなことを言われながら、俺《おれ》は十年以上も毎日毎日母親と妹にシバかれ続けたよ。その結果が、この恥ずかしい症状なんだ」

女性恐怖症。

説明するならその言葉が手っ取り早い。歪《ゆが》んだ家庭環境の影響で、俺は女という生物に触られるのが死ぬほど苦手になってしまったのだ。まあ、その副産物として身体《からだ》が恐ろしく頑丈《がんじょう》になったけどさ。

「しかし、どうしてそれで鼻血が出るんだ？」

「俺にもよくわかんないけど、たぶん癖になってるんだ。それに、鼻血を出せばそれ以上はシバかれずにすんだからな。でも、今じゃひどいときは女に触られただけで鼻血が出るほどに……」

「………。けど、そこは家族の優しさだな。さすがにおまえが流血すればシバくのをやめたってことだろう？」

「……いや、違う。前に聞いたら部屋が汚れるからって言ってた」

「………」

黙りこむ近衛《このえ》。雨に濡《ぬ》れた捨て犬を見るみたいな視線がこっちに向けられる。ちょっとだけ不憫《ふびん》に思ってくれているらしい。ひょっとしたらコイツ、思ったよりいい奴《やつ》なのかも。

「つまり、こういうことでしょう」

未《いま》だに俺の腰の上にいる涼月《すずつき》が口を開いた。

「あなたは、女の子に触られるのが怖くて怖くて仕方がないチキン野郎なのね」

ぐさっと心臓にナイフを突き立てられた気分だった。

うわああ。なんてはっきり言いやがるんだこの女。直球過ぎる。もうちょっと変化球じゃないと俺の心が木製バットよろしくヘシ折れてしまう。

「ねぇ、そうでしょう？　坂町近次郎くん」

「!?」

こ、このタイミングで俺のフルネームを呼ぶだと？　ま、まさかこの女……気付いたのか？　今まで誰《だれ》も気付かなかった、俺の名前の秘密に……！

「どうかしたの？　何か言ってよ、坂町近次郎《さかまちきんじろう》くん」

「………」

「………」

「サカマチキンジローくん？」

「サカマ、チキン、ジローくん？」

「………」

「チキンくん？」

「うわあああああっ！」

耐え切れずに、俺《おれ》は絶叫していた。

「どうしたの、チキンくん。目からスポーツドリンクが出てるわよ」

「やめろ！　その名で俺を呼ぶなっ！」

……呪《のろ》われてる。そうとしか思えない。名は体を表すっていうけどまさにその通りじゃないか。チキンなんて忌々《いまいま》しい単語が自分の名前に組み込まれてるなんて……。

「いい名前じゃない。そんなに恥ずかしがることはないわよ」

「どうやったら今の会話でその結論が出るんだよ」

「そうだ。あなた、将来『岡町《おかまち》』って人と結婚しなさい。そうすればもっと面白いから」

「は？」

岡町近次郎《きんじろう》。

オカマチキンジロー。

オカマ、チキン、ジロー……。

「ね？　面白いでしょう？」

「面白くねえよ！　どうしてそういう恐ろしいことを平気で思いつくんだよおまえは！」

悪魔か、この女は。

デビル涼月《すずつき》。

今度から心の中ではそう呼んでやる。それが俺にできるささやかな抵抗だ。

「それはちょっとひどいわね」

「なっ!?　おまえ、俺の心が読めるのか!?」

「せめて呼ぶんなら『虐殺《ぎゃくさつ》天使カナデ様』にして欲しいわ」

「凶悪だ！　より凶悪になっちゃった！」

「もしくは『リリカル☆カナちゃん』」

「百八十度違う！　おまえには死ぬほど似合わねえ！」

「じゃあ『虐殺天使☆カナちゃん』」

「混ぜるなあぁぁっ！」

結論。

涼月はやっぱり涼月だ。もはやかつてのイメージは完璧《かんぺき》に崩壊してしまったがな。

「ところで、ジローくん」

急に、涼月の雰囲気が変わった。

「あなた、自分の恐怖症を治したいとは思わないの？」

「……そりゃあ、俺だって治したいよ」

迂闊《うかつ》に女の子に触って鼻血なんか出してみろ。さっきの近衛《このえ》みたいに誤解されるに決まってる。そんなんじゃ一生一人身《ひとりみ》だ。少子高齢化をますます助長させてしまう。できることなら、こんな厄介《やっかい》な恐怖症はすぐにでも治したい。治して、女の子と触れ合いたい。

「だったら、手伝ってあげましょうか？」

「えっ……？」

その言葉に俺《おれ》は耳を疑った。

「あなたの恐怖症は、女性に対する恐怖感が身体《からだ》に刷り込まれ続けた結果だと思うの。だから条件反射で鼻血を出してしまう。パブロフの犬ね。でもどうにかしてその恐怖感を拭《ぬぐ》えば、もう鼻血を出さなくて済むんじゃない？」

「それは……」

どうなんだろう。確かに涼月《すずつき》の言っていることは正しい気がする。でもどうやってその恐怖感を拭うっていうんだ。

「だから、私たちが手伝うの」

毅然《きぜん》とした態度で、涼月は宣言した。

「私たちが、あなたの恐怖症を治す手伝いをしてあげる。要はあなたが女の子なんか怖くないって思えるようになればいいのよ。私とスバルが、そうなるように手助けするわ。その代わりに……」

「その代わりに？」

「スバルが女の子だってことを、誰《だれ》にも言わないで欲しいの」

たとえ死んでもね、なんて物騒《ぶっそう》な言葉が付け足された。

言いたいことはわかる。つまりは交換条件だ。俺が近衛の秘密を死守する代わりに、涼月たちは俺の女性恐怖症を治す手伝いをするってことか。

「あなたがスバルの秘密を知ってしまったことは、まだ父の耳には入っていない。あなたが秘密を守れば、私たちが条件を破ってしまったことを知られることはないわ」

「……めちゃくちゃ不正じゃねえか」

「バレなければいいのよ。どう？　私たちと協定を結ぶ？」

「協定っていうより共犯だぞ」

「ステキね。私は好きよ。こんな面白そうな共犯関係――退屈しなさそうだもの」

「………。ちなみに……断ったらどうなるんだ？」

「そのときは私もスバルみたいに強硬策を執るしかないわ。一ヶ月後くらいに、富士の樹海あたりから身元不明の遺体が発見されることになるでしょうね」

うえー、しれっと怖いこと言ってるぞこの女。何が共犯関係だ。思いっきり脅迫《きょうはく》じゃねえか。でも……共犯だろうが脅迫だろうが――今の俺にはそれしか道はないのだろう。

「わかった。おまえの話に乗るよ、涼月。……けど、近衛はそれでいいのか？」

横の近衛《このえ》に視線を向ける。俺《おれ》を変態呼ばわりするコイツのことだ。俺なんかと組むのは嫌がるんじゃないか。

しかし意外にも、近衛は少し考え込むように黙ってから、

「ボクは奏《かなで》お嬢様の執事だ。お嬢様のご命令に従う。それに……」

「それに？」

「いや……なんでもない」

なぜか、何かを言いかけたのにぷいっとそっぽを向いてしまった。

「ふふ。じゃあ決まりね」

なぜか涼月《すずつき》はやけに楽しそうに笑っていた。何だよ、なんか面白いもんでも見たのか。

「ところでジローくん。聞きたいんだけど、あなたの女性恐怖症の症状って鼻血が出るだけ？　鼻血が出てからも女の子に触られ続けたらどうなるの？」

「え？　いや……たぶん耐えきれなくなって失神するんじゃないか」

事実、母さんと妹にシバかれて失神してしまったことは何度かある。その後に何かされたかはわからないけど、無事目覚めているんだからあまりひどいことはされてないはずだ。

「けど、それがどう——」

と。

そこまで言って俺は黙った。

正確には黙らされた。

涼月の指が、再び俺の肋骨《ろっこつ》に伸ばされていた。

「あ、あの、涼月さん？」

「心配しないで、ジローくん。これは実験よ。今後の為《ため》にも、あなたの身体《からだ》がどこまで耐えられるのか試さなくちゃいけないの」

三日月のように笑うデビル涼月。

やばい。コイツ、明らかに面白がってやがる。

「や、やめろ！　そんなことしなくてもひぁんっ！」

「うふふ。ちょっと触っただけなのに可愛《かわい》い声を出すのね」

細くて長い指がわきわきと肌の上を這《は》いずり回っていく。

……ダメだ。傍《はた》から見れば天国のようなシチュエーションだが、女性恐怖症の俺にとっては拷問《ごうもん》に近い。視界はすでにブラックアウト寸前。このままじゃ魂があの世へ慰安旅行に行ってしまう。

「た、助けてくれ近衛！　このままじゃホントに失神する！」

掠《かす》れた声で精一杯、隣のベッドにSOSを出した。

「……ボクは執事だ。手品師じゃない。だからこの鎖《くさり》からは抜け出せない」

言って、スバル様は静かに目を閉じやがった。

「おい！　寝たふりすんなや！　頼むから俺《おれ》を見捨てないでひゃあああっ！」

「あら、ジローくんったらこんな所に痣《あざ》があるのね。可愛《かわい》い。それに家族に鍛えられてるだけあって身体《からだ》が締まってる。これなら、失神した後《あと》も楽しめそうね」

うふふっと響き渡る笑い声。

……ああ、今日からこんな生活が俺の日常になるのか。

徐々に遠のいていく意識。

その中で、俺は神様に自分の貞操《ていそう》の無事を祈っておいた。

# 第2話　ラブロマンスは突然に

どんなに暗い夜もいつかは明ける。どんなに明日《あした》が嫌でも朝はやってくる。

そんなわけで俺は自分の部屋の時計を見た。ただいまの時刻は朝の七時ジャスト。遅刻しないためにはそろそろベッドから抜け出さなくちゃいけない時間である。

窓の外からは雨音。昨夜までは降っていなかったが、今朝《けさ》の天気は俺の心の中のように憂鬱《ゆううつ》らしい。

ちなみに普段の俺は凄《すさ》まじく寝起きが悪く、朝はほとんど仮死状態に近い。しかも無意識のうちに目覚まし時計を床に叩《たた》きつけてしまう癖があるらしく、今年に入ってからもう五個もご臨終《りんじゅう》させてしまった。いつか目覚まし時計の悪霊《あくりょう》に祟《たた》り殺されるかもしれん。

さて、そんな俺だが未《いま》だに一限目の授業に遅刻したことがない。気持ち悪いくらいの無遅刻無欠席。自慢じゃないが皆勤賞《かいきんしょう》である。

どうしてかって？

簡単だ。

我が家には、俺よりもはるかに強い目覚まし時計が一人いるのである。

「兄さぁ——ん！　あっさだよぉ——————っ！」

爆竹《ばくちく》みたいな声とともにどがんと俺《おれ》の部屋のドアが開いた。

そこにいたのはショートカットが似合う高校一年生の女の子。初々《ういうい》しい浪嵐《ろうらん》学園の制服。顔はそこそこ可愛《かわい》いがまだ幼い。特に目。二つの瞳《ひとみ》は天真爛漫《てんしんらんまん》にきらきらと輝いている。落ち込むことを知らない明るい態度と表情。いかにもスポーツが得意そうな活発なイメージ。

坂町紅羽《さかまちくれは》。

そう、何を隠そう俺の妹である。

「うりゃあああっ！」

部屋に入って開口一番、テンションの高いかけ声と共に紅羽は飛んでいた。小さな身体《からだ》が宙を舞う。知っての通りここは宇宙空間などではなく俺の部屋だ。なので優雅な空中遊泳が長く続くはずもなく、妹は鋭角に自由落下。当然、仰向《あおむ》けに寝ていた俺の腹部に——。

「ごぶはっ⁉」

ダイビング・エルボー・ドロップ。抉《えぐ》るような角度で突き刺さったその一撃に、俺の身体はベッドの上で見事にVの字に折れ曲がった。

普段はこれで一気に仮死状態から蘇生《そせい》する。というか常人なら間違いなく卒倒《そっとう》してその

破壊力である。

ままICU《ICU》集中治療室に直行だと思う。しかも回避不能。一度避けたことがあったが、そのときはリサイクルショップで買ったベッドがUの字に折れた。大陸間弾道ミサイルも真《ま》っ青《さお》の破壊力である。

「おはよっ兄さんっ！」

弾《はじ》けるような笑顔と共に紅羽《くれは》は次の技に移った。残念ながらこのままフォールしてくれるほど妹は優しくない。すばやく布団を剥《は》ぎ取ると、そのまま流れるように俺《おれ》の関節をキメていく。

「えーぃ！　足首固め《アンクルロック》！」

「ごぎゃあああっ！」

「さらに続けてＳＴＦ！」

「ちょ、待っ……ぎにゃあああっ！」

「さらにそこからのチョークスリーパー！」

「……っ！　……っ！　……っ！（声にならない声）」

「そしてトドメの腕ひしぎ逆十字ぃ！」

「ぎゃあああああっ！」

「……あ。ごめんね、兄さん。……肘《ひじ》、壊しちゃった」

「うわあああああああああっ!?」

「てへ。うそうそ冗談だよ」

「……………」

「だって今日の狙《ねら》いはけーどー脈だし♪」

「まさかの三角絞めぇ――――っ!?」

……………。

まあ、俺の朝はいつもこんな感じだ。

さすがにもう慣れたよ。

「あらためておっはー、兄さん。今朝《けさ》のあたしはどうだった？」

いつもの調子で俺の顔についた鼻血をティッシュで拭《ふ》きながら、紅羽は訊《き》いてきた。

「ああ……相変わらずキレまくり。おかげで兄ちゃん危うく二度寝しかけたよ」

嘘《うそ》じゃない。最後のはやばかった。もうちょっとで十年も前に死んだ親父《おやじ》とお花畑で再会するとこだった。

「にゃはは。よっしゃあ、これなら朝練もバッチリだよ」

ベッドから降りて満面の笑顔を浮かべる紅羽。

ちなみにコイツが入っているのは手芸部だ。いや、マジで。てっきり俺も空手部かプロレス研究会に入るもんだと思ってたのに、本人はあっさり手芸部に決めやがった。なんでも高校では女を磨くとか。でも手芸部の朝練って何するんだ？

「いやあ、うちの手芸部は強豪だからね。毎朝体力作りしてるんだ」

「体力作り?」

「うん。すごいんだ。部長さんなんか指でコンクリートブロックを割れるんだよ」

大変です神様。妹が高校入学早々よくわからない団体に入ってしまいました。

「ゴールデンウィークの合宿はみんなで山に行くんだ。そこで二泊三日のサバイバルキャンプするんだって。ね? とっても楽しそうでしょ」

「……おまえの部活、何かが致命的に間違ってるぞ」

そんな手芸部聞いたことねえよ。そのうち洗脳されてグリーンベレーにでもされるんじゃないか。気付いたら中東にいたとかありそうだ。

「あたしも、一回くらいは熊《くま》と戦いたかったからちょうど良かったんだけどね」

「やめとけ。いくらおまえでも死ぬぞ」

「えー、平気だよ。お母さんなんかこの前インドで虎《とら》と戦ったって手紙に書いてあったし」

「母さんと一緒にするな。あの人はとっくの昔に人間やめてる」

俺《おれ》たちの母親は、あまりにも強すぎてリングの上で戦う相手がいなくなったとかで、半年前から国外へ武者修行の旅に出ている。

一ヶ月に一回は仕送りと手紙が届くから生きてはいるんだろうが、どこにいるかは謎《なぞ》。きっとエジプトあたりでミイラと戦ってるに違いない。

「そういえば兄さん。目の下が黒いけど、あんまり寝てないの？」

あんまりっていうか寝てない。ほぼ完徹《かんてつ》だ。

「ああ、ちょっと人間関係で悩んでてさ」

「にゃ？」

妹は雪山でイエティでも見たみたいに目を丸くしていた。

「何だよ。俺だって高校生だ。悩みぐらいあるぞ」

「兄さん……もしかしていじめられてるの？」

違う、と即答したが実際はわからない。昨日《きのう》の保健室で行われたあれはもはやいじめを百キロくらい通り越してた気がする。できるなら登校拒否になりたいよ。

「じゃあ、ひょっとして女の人関係？」

「まあ、言っちまえばそうだな」

決して間違っちゃいない。間違いであって欲しかったけどな。

「……ふうん。そっか、兄さんもついにそういうことで悩む歳《とし》になったんだね」

「近所のおばさんかおまえは。しみじみしながら言うんじゃねぇよ」

「それで、結婚式はいつ？」

「話が早いな。おまえの頭にはジェットエンジンでも積んでんのか？」

「もしできるんならあたしは妹が欲しいなぁ」

「そりゃ残念。あいにくおまえより年下に手は出さねえよ」

「でもこの歳《とし》で叔母さんになるのは嫌だからね」

「……頼むからもうちょい兄を信用してくれ。俺《おれ》がそんなことする人間に見えるか？」

「……」

紅羽《くれは》は深刻な表情で気まずそうに黙りやがった。

見えるのか？　実の妹から見て俺はそんなに節操《せっそう》のない人間なのか？

「だって兄さん、いつもあたしのお風呂覗《ふろのぞ》いてるし……」

「誤解されるようなこと言うな。家族の風呂を覗いたことはない」

「え？　あたしはいつも覗いてるけど？」

「はいはい、そいつは知らなかったよ」

「兄さんって、いっつも腋《わき》の下から洗うよね」

「マジで覗いてんのかよおまえっ！」

なぜその情報を知っている。昔飼ってた金魚にも話してないトップシークレットだぞ。

「あ、そうだ。シャワーでも浴びてくれれば？　寝癖《ねぐせ》がすごいよ」

「このタイミングで言うな。おまえが俺の風呂を覗きたがってるように聞こえるだろ」

「にゃはは。間違ってないね」

「間違ってないのか⁉」

「だってあたしも一緒に入るし。いつもそうしてるでしょ？」

「してねえよ！　おまえと一緒に風呂入ったのなんてかなり遠い思い出だ！」

正確には小学二年生まで。今じゃフィルターがかかって見れないくらい昔の映像である。

「もう、そんなつれないこと言わないでよ」

「つれなくない。この歳で妹と一緒に風呂に入るなんて犯罪に近いぞ」

「うう、大変です天国のお父さん。兄さんが反抗期になってしまったようです」

祈るように手を組みながら大袈裟《おおげさ》に天を仰ぐ紅羽。

心配するな、天国の親父《おやじ》。俺に反抗期なんかないぞ。あんたの妻と娘に、反抗するたびにコナゴナに叩《たた》き潰《つぶ》されるからな。今じゃすっかり従順。家庭内ヒエラルキーの最下層だ。

「まあ、それはそうとして。シャワー浴びてさっぱりした方がいいと思うよ。今日の兄さん寝癖がすごいし、なんか顔もすごいよ」

「どんな顔だよ」

「えーっと……ロシア？」

「失礼なこと言うな。国際問題になりかねん」

「大丈夫だよ。コマンドサンボは一通り習ったから、たぶんいい勝負できるね」

「おまえが言うと冗談に聞こえないのがすごいよな」

コマンドサンボとはロシア軍が正式採用しているという武術の名前だ。日本で言う柔道みたいなもんで、最近じゃこの武術出身の格闘家がリングに上がることも多いとか。

もちろんそんな物騒《ぶっそう》な代物《しろもの》を紅羽《くれは》に教えたのは母さん。プロレスだけじゃなく古今東西《ここんとうざい》の格闘技にも精通していて、その対策も心得ているのだ。末恐ろしい話だよ。

「それにコマンドサンボならうちのコーチも詳しいしね」

「コーチ？　それって手芸部のか？」

「うん、そうだよ。セルゲイさんっていうの」

「………」

どう考えても生粋《きっすい》のロシア人だ。大丈夫かなぁ、浪嵐《ろうらん》学園手芸部。実は秘密諜報員《ちょうほういん》の養成機関とかなんじゃや。今度涼月《すずつき》あたりに詳しく訊《き》いてみよう。

「そいじゃ、兄さん。あたしはそろそろ朝練行くね。朝ごはんは用意してあるからちゃんと食べなきゃダメだよ」

「ちなみに……今朝《けさ》のメニューは？」

恐る恐る訊いた。

それもそうだ。ここ一週間の朝食はほとんど例外なくキムチなのである。

ありがたいことに我が家の家事はほぼすべて紅羽が担当してくれているんだが、どうにも食に関してだけはセンスがないらしく、圧倒的に奇抜なメニューが多いのだ。

「大丈夫だよ。今日のはいつもと違うから」

「マジか！　ああ、安心した。さすがに一週間以上同じメニューはきついからな」

「うん。あたしもそう思って、今日のキムチは国産にしといた」

「……わーい、やったー、涙が出るくらい嬉《うれ》しいなー」

落ち着け。この程度のことで反抗しちゃいけない。しても勝てないし、これでも母さんがいた頃《ころ》よりはマシだ。今考えても食卓によくわからない栄養剤がずらりと並ぶのは歪《いびつ》な光景だった。

「んじゃね、兄さん。学校で会えたら会おうねっ！」

制服のスカートを揺らしながら、紅羽はバタバタと部屋から出て行った。相変わらずテンションの高いヤツ。俺《おれ》とは大違い。本当に血とか繋《つな》がってんのかね。

さて、シャワーでも浴びるか。

バスタオルを持って浴室へと向かう。別に妹の言うことに従うわけじゃないが、ここは心機一転して気持ちを引き締めるべきだ。

なにせ、今日から始まるのである。

涼月奏《かなで》による、俺の治療プログラムが……。

「気合……入れねえとな」

自分に言い聞かせるように呟《つぶや》いた。

昨日《きのう》の保健室。あのときはなんとか無事に切り抜けたが、もはや学園に心の休まる場所はない。つまり、この家だけが俺《おれ》の最後のオアシス。ならば、せめてこの安息だけは噛《か》み締めねば。

浴室に続く脱衣所の前に辿《たど》り着いた。

とりあえずシャワーを浴びてさっぱりしよう。

そう思って扉を開けると。


脱衣所に知らない美少女がいた。

全裸だった。


「はぃいいいいいいっ!?」

あまりの衝撃に奇声を上げてしまった。

なんだこの状況！　天国か？　ひょっとして紅羽《くれは》のエルボーですでに俺の意識は天国に不時着していたのか!?　くそう、眼鏡《めがね》をしてないのが悔やまれる！　おかげでいい感じに視界にぼかしが入ってしまった……！

「………」

いや、クールクール。冷静になれ。自分を取り戻すんだ。不謹慎なことを考えてる場合じゃない。

濡《ぬ》れた髪と肌。今さっきまでシャワーを浴びていたのか、彼女はそのしっとりとした髪をバスタオルで拭《ふ》いていた。成熟しきっていない少女の身体《からだ》。まだ幼さが残るが、そこには羽化する寸前の蝶《ちょう》のごとき美しさが秘められている。そんな気さえした。

「……って、おい」

なんで冷静に目の前の裸体を描写してんだよ、俺《おれ》。

呆然《ぼうぜん》と固まる俺の前で、少女は頭を拭いていたバスタオルを身体に巻いた。そして、その透き通った瞳《ひとみ》が真《ま》っ直《す》ぐ俺に向けられる。

「つぶれ」

「は？」

「目を、つぶれ」

言われるがままに、俺は目をつぶっていた。なぜか、そうしなければいけない絶対的な圧力を感じた。

と。

両目の瞼《まぶた》の上にひんやりとした感触。

なんだこれ？　指？　でもどうして指なんか——。

「ぎぐはっ！」

咽《のど》から飛び出す奇声。瞼の上にあった何かが、凄《すさ》まじい力で眼球を圧迫してきたのだ。

「ぎゃあああああああっ！　目がっ！　目があっ！」

お決まりの台詞《せりふ》を叫びながら、俺は脱衣所の床をのた打ち回っていた。

いや、待て。この無慈悲な暴力には覚えがあるぞ。

身体が――俺の身体がこの感覚を覚えている。まったく容赦のない仕打ち。こんなひどいことを平然としやがるのは……！

「ふん。失明しなかっただけでも感謝するんだな」

響き渡るアルトボイス。そのひどく無愛想な感じには嫌でも聞き覚えがあった。

「近衛《このえ》！　おまえ俺の家で何してんだよ！」

痛む両目を手で押さえながら叫ぶ。そう、今現在我が家の脱衣所にいるのは近衛スバルに違いなかった。

「さっきここに来たら、おまえの妹だという女の子が出てきて『よかったらシャワーでも浴びていってください』と勧められたんだ」

「な、なんでそんな……」

「きっと風邪を引かないように気を使ってくれたんだろう。来る途中で急に雨が降ってきて、身体がビショビショになってしまったからな。ボクはその厚意に甘えたまでだ」

「………」

いや、絶対に違う。くそ……紅羽《くれは》のヤツ、謀《はか》りやがったな。

おそらく、これは紅羽《くれは》の他愛《たわい》もない悪戯《いたずら》だったのだ。俺《おれ》がシャワーを浴びようとしたらクラスメイトの男子と鉢合《はちあ》わせ。あいつの考えそうなくだらないドッキリだ。普段なら俺も笑って済ませるに違いない。近衛《このえ》が女じゃなければね。

「どうしてこんな朝っぱらに俺の家に来たんだよ！」

「お嬢様のご命令だ。これからはおまえが秘密をバラさないように、できるだけボクが監視することになった。それで見張りながら一緒に登校しようと、おまえの家に来たんだ」

デビル涼月《すずつき》め。あいつが紅羽と共謀《きょうぼう》したとは思えないけど、何か面白いイベントを発生させようと近衛を俺の家に送り込んだに決まってる。ああ、どこからか高笑いが聞こえてきそうだよ。大成功じゃん、あいつの目論見《もくろみ》。

げっ。

「それはそうと……おまえ、ボクの裸を見たな？」

「知ってるか？　ボクの家には代々伝わる執事の記憶消去術があるんだ」

もちろん知ってる。昨日《きのう》散々喰《く》らったからな。おかげでまだ頭が痛むぞ。

「おまえには、それを喰らう権利がある」

「いや、遠慮するよ。そんな権利はお歳暮《せいぼ》にしてお世話になった人にでも送った方がいい」

それかさっさとネットオークションで売ろう。案外そういう趣向のマニアには高く売れるんじゃねえか。プレミアとかつきそうだ。

瞼《まぶた》の暗闇《くらやみ》の向こう。そこで得体の知れない威圧感が膨れ上がる。

殺気。

昨日学園でこれでもかと味わった寒気を再び肌に感じたとき、俺は悟った。

もはや、この世界に俺の安息の場所は存在しない。

「……………初めてだったのに」

なんて。

不意に、拗《す》ねたような声が聞こえた気がした。

「え？」とその言葉の意味を訊《き》こうとした瞬間、俺の意識は闇に落ちていった。

♀×♂

「よう、ジロー。どうした？　朝から不景気そうな顔してんな」

教室に入って席につくなり、クラスメイトの黒瀬《くろせ》が話しかけてきた。

「うっせえ黒瀬。景気良い顔ってのはどんな顔だよ。額に在庫無しって書いてあんのか？」

「いや〜ん、今日のジローくんったらご機嫌ななめ〜」

気色悪い声を出してげらげら笑うガタイのいい野郎が一人。

黒瀬ヤマト。俺とは中学一年からずっと同じクラスの腐れ縁。長身に広い肩幅。中学じや柔道で全国大会までいったくせに、高校からは軽音部のドラマーになった変わり者だ。

「なんか嫌なことでもあったのかよ。また妹にいじめられたのか？」

「……似たようなもんだ」

ズキズキと痛む頭を押さえる。くそ、あの暴力執事め。いくらなんでも殴りすぎだ。モグラ叩《たた》きじゃないんだからさ。

「はあん。そりゃあご愁傷《しゅうしょう》さま。ところで、ジロー」

黒瀬《くろせ》は耳打ちするように顔を近づけて、

「おまえ、今朝《けさ》スバル様と一緒に登校してきたってホント？」

ぶはっと吹き出しそうになった。コイツ、なぜそれを知ってやがる。

「うわっ、マジかよ。なんで？　どうしておまえみたいな一般人と学園の王子様が一緒に登校してんだ？　なんか特殊な関係なの？」

正解。コイツの勘はときどき怖いくらいに当たる。聞いたところによるとスマトラ島沖大地震も予知していたとか。てめえはどこの大ナマズだよ。

「来る途中で偶然会っただけだよ。べつに仕組んだわけじゃない」

「だよな。あの優等生がおまえなんかと待ち合わせするわけねえしな」

言って、黒瀬は教室の後ろの方に顔を向けた。

つられて見ると、そこにはスバル様こと近衛《このえ》の姿。大人《おとな》しく席に座っているが、その仏《ぶっ》頂面《ちょうづら》は普段にもまして磨きがかかっているように思える。

むー、まだ今朝のことを怒っているらしい。それともあれか。朝食に出したキムチが口に合わなかったのかな。『これが庶民の朝食なのか……』ってショック受けてたし。

「なんか近衛って暗いよな。あれじゃ男子は誰《だれ》も近づかねえよ。女子は寄ってくるけど、そいつらにも冷たいしな」

「そりゃそうだな」

一目で判《わか》るくらいに、近衛はクラスで孤立していた。

一緒のクラスの涼月《すずつき》（もちろん優等生モード）が他《ほか》の女子と仲が良いだけに余計にそう見える。涼月と二人でいるとき以外、あいつはずっと独りで窓の外を眺めている。

孤独な王子様。

学園での近衛はそんな感じだ。

「そういや、どうして俺《おれ》が近衛と登校したのを知ってるんだ？」

「はん。馬鹿《ばか》言っちゃいけねえぜ。俺らにはケータイっていう史上最強の情報ツールがあるじゃねえか。あのスバル様が涼月奏《かなで》以外のヤツと登校してきたなんて特ダネは新型インフルエンザなみの勢いで伝わってんだ。噂《うわさ》じゃ『S４』はもう動き出してるらしい」

「S４？」

「おいおい、知らねえのかよ。『シューティングスタースバル様《Shooting Star Subaru Sama》』。ほら、Sが４つあるだろ。この浪嵐《ろうらん》学園で最大勢力を誇る近衛《このえ》スバルの地下ファンクラブだ。学園の女子の六割が入ってるって話だぜ」

「……それで、動き出してるってのはどういう意味？」

「はあ？　そんなの決まってんだろ。おまえとスバル様の同伴登校の真相を突き止めるためだよ。気を付けろ。その内おまえのとこにも刺客《しかく》が飛んでくるぞ」

刺客ってどんなだろうね。天井から忍者でも降ってくんのかな。

「それにおまえには前々から変な噂《うわさ》があるしな」

「変な噂？」

「うん。おまえがゲイだって噂」

今度こそ俺《おれ》は吹き出していた。なにそのおもしろ情報。びっくりしすぎて心臓がストライキ起こしそうなんですけど。

「あ、やっぱ違った？」

「当たり前だ！」

「もしかして、バイ？」

「ざけんな！　なんでだ！　どうしてそんな根も葉もない噂があるんだよ！」

「えーっ、だってさあ、おまえってクラスの女子と喋《しゃべ》らねえし、近付こうともしねえじゃん。思春期真っ盛りの高校生としてそれはねえよ。だから噂ができるのさ。坂町近次郎《さかまちきんじろう》は女に全《まつた》く興味がない男色家《だんしよくか》だってな」

「……………」

頭痛がする。正確には興味がないんじゃなくて女性恐怖症のせいで近付きたくても近付けないだけなのに。まいったな。そんな噂が流れてたなんて……。

「心配すんなよ。半ば冗談みたいなもんだ。そんなもんを真に受けてるヤツは大していねえ。俺だっておまえが女を好きなのは知ってるよ。二人でエロ本見せ合った仲だからな」

黒瀬《くろせ》はぎゃははと笑った。

相変わらずさばさばしたヤツだ。でもそう言ってくれる人間がいるとありがたい。学校で生活を送るには一人くらい自分の理解者が必要な気がする。一家に一台って感じで。

「でも本当に気をつけろよな。S4の中にはすでにおまえと近衛の仲を誤解してる狂信的なファンがいるかもしれねえ。夜道には気を付けろ。それとスバル様にもな。あんまり近付きすぎるといいことねーぜ」

そこまで言って、黒瀬は黒板の方を向いた。教室の扉が開いて一限目の教師が入ってくる。今日も何の問題もなく、俺たちの学園生活は始まるっぽい。

まあ、なるべく学園内じゃ近衛に近付かない方が良いな。

そんなことを考えながら、俺はゆっくりと机に突っ伏《つぷ》した。涼月《すずつき》と会うのは放課後になってからという取り決めだ。それまでに体力を蓄えねばなるまい。

教師の念仏のような授業が始まる中、俺《おれ》の意識はゆっくりと眠りに落ちていった。

そう、決戦は放課後だ。

♀×♂

ところがである。ピンチは意外にもフライングでやってきた。

「一緒にお昼を食べよう」

昼休み。

近衛《このえ》のそんな言葉が引き金だった。

突如、驚愕《きょうがく》という名の銃弾を撃ち込まれて教室がどよめいた。そりゃそうだ。涼月《すずつき》以外、誰《だれ》もそばに近寄らせなかったあのスバル様が、俺なんかを昼食に誘ったのだ。多摩川でアザラシが発見されたぐらいの珍事である。

「おいおい……あの近衛が一般生徒を昼メシに誘ったぜ」

「あの二人、今朝《けさ》も一緒に登校してきたらしいよ……」

ヒソヒソとクラスメイトたちが囁《ささや》いているのが聞こえる。

いかん。この状況は大変よろしくない。

「まさか……ジローの噂《うわさ》ってマジだったのか……」

「え？　噂って何？　教えて教えて……」

マジじゃないです。決して俺にそういう趣味はありません。

「あいつ……スバル様に手を出すなんて……許せない」

「殺す……殺す殺す殺す。あのクソ眼鏡《めがね》、手足を縛ってコンクリ漬けに……」

すいません、視線が痛いっす。あと物騒《ぶっそう》な殺気を向けるのはやめて。夜中に一人でトイレにいけなくなっちゃうから。

「ジ、ジロー、おまえ……」

隣にいた黒瀬《くろせ》まで、息子がグレてショックを受けた母親のような目をしていた。

「ち、違う！　これは誤解で――」

「何が誤解だ。ほら、行くぞ」

必死に弁解しようとした俺を近衛がぐいぐいと引っ張っていく。さらに慌しくなる教室内。その中で、涼月だけが楽しそうに微笑《ほほえ》んでいた。

「お、おい！　どこに行く気だよ！」

教室を出て廊下を歩くと、周りの視線が容赦なく突き刺さる。

「とりあえず、人気のない場所だ。こう周りがうるさいんじゃ落ち着けない」

俺たちは逢引《あいびき》中のカップルかよ。

「勘違いするな。別におまえと一緒にお昼を食べたかったわけじゃない。これも監視の一環だ。ボクの見てないところでおまえが何をするかわからないからな」

近衛《このえ》はこっちを見もせずに言った。なんか扱いが発情期の犬みたいだ。そんなに心配ならいっそのこと首輪でもつけてくれ。

「わかったよ。じゃあ屋上に行こう。あそこならたぶん人はいないから」

観念して従うことにする。どうせならさっさと済ましてしまおう。それにいちいち反論したらまた殴られそうだ。

弁当なんて羨《うらや》ましいもんは持ってないんで購買部に寄る。近衛も一緒。なんでも料理が致命的にできないせいで、普段は学食ですませているとか。意外だ。スバル様にも苦手な分野はあるらしい。

「うー……」

真剣な表情でコッペパンと睨《にら》めっこする近衛。どうやら購買部に来るのは初めてっぽい。

俺《おれ》もパンをチェックチェック。えーっと今日のオススメは……キムチサンド？　ふざけんな。韓流《はんりゅう》ブームもいい加減にしやがれ。

「無難にヤキソバパンとかチョココロネとかにしとけ。他《ほか》には惣菜《そうざい》もあるから」

言いつつもコロッケパンとカレーパンを購入。はっきり言って全然足りないが贅沢《ぜいたく》はできん。今月はひいきにしているバンドのＣＤが出るので無駄な出費は禁止なのだ。節約節約。

「そこにあるヤキソバパンとチョココロネ……それからコロッケパンとカレーパン、あと串《くし》カツとメンチカツ……あ、それからいちご牛乳を貰《もら》おう」

近衛は山のようにパンや惣菜を買い漁《あさ》っていた。購買のおばちゃんも目を丸くしている。借金苦で仕方なく生き別れた息子と数十年ぶりに再会したような表情だ。

買い物を終え、屋上へと続く階段を上る。

ホントは立ち入り禁止なんだけど人気のない場所といったらここくらいしか思いつかない。あとは中庭の隅《すみ》っこの方だが、あそこは二階より上の窓から丸見えだ。下手《へた》をすれば近衛のファンに爆撃されるかもしれん。

屋上に出る扉には鍵《かぎ》がかかっていなかった。ラッキー。ぎいっと扉を開けた瞬間、暖かい春の日差しと気持ちのいい風が頬《ほお》を叩《たた》く。朝の雨は完全に上がったみたいだ。うん、悪くない。景色は爽快《そうかい》だし、人気もない。ちょっとだけ心が躍《おど》る。コサックダンスでもしたい気分だ。

隅っこにあるフェンスの土台に腰掛ける。さあて、メシメシ。人間やっぱり食が基本である。そう思ってバリバリとコロッケパンの包みを開けていると、

「………」

近衛が、とまどうように目を泳がせながら立ちすくんでいた。なぜか表情もふらふらと落ち着かない。まさか狙撃でも警戒してるんじゃねーだろうな。

「何やってんだ。さっさと座れよ」

「……………」

「おい、無視すんな。おまえが俺《おれ》をメシに誘ったんだろ」

「うっ……。わかった。じゃあ、座るぞ？」

おずおずと近衛《このえ》は俺の隣に腰掛けて無言でパンを食べ始めた。相変わらずの無愛想。野《の》良猫《らねこ》みたいなヤツだな。すげえ警戒してるよ。

「そういや、涼月《すずつき》はほっといていいのか？　おまえ、あいつの執事なんだろ」

お互い無言じゃ気まずいんでテキトーに質問する。

しかし返答は沈黙。

一向にボールが返ってくる気配がない。

「コラ。せめて最低限のキャッチボールはしろよ。せっかく一緒にメシ食ってんだからさ」

「うるさい変態」

バッサリと一言で切り捨てられた。

会話終了。

ひでえ。

ピッチャー返しだ。

キャッチボールどころかライナーで打ち返してきやがった。

「なあ……今朝《けさ》のあれはもう謝ったろ。それに眼鏡《めがね》がなかったからよく見えなかったしさ」

「言い訳するな。それにボクは普段一人で食べてるんだ。昼休みに会話をする習慣はない」

「おまえなあ……今は二人で食べてんだろ。それともおまえは涼月といるときもこんな感じなのか」

「……………」

返答なし。

おいおい、もしかして図星かよ。

そう言えば、涼月と近衛が仲良く喋《しゃべ》ってるところなんてほとんど見たことないな。よく一緒にはいるけど、それこそ主従関係って感じで無駄な会話してないし。

「ボクはお嬢様の執事だ。だから、ボクはその仕事さえできればいいんだ」

「仕事？」

「ああ、お嬢様をお護《まも》りすること。それが、ボクの一番の使命だ」

「使命ねえ……」

これじゃ執事っていうよりボディガードだ。そりゃあただ警護するだけなら会話はいらねえかもしんないけど、せっかく同い年なんだからもうちょい仲良くすればいいのに。

「まあ、それでも今は喋ろうぜ。ダべりながら食べたほうが楽しいだろ？」

少なくとも俺はそうだ。

会話のない食事とかマジで食欲なくなる。

「……おまえはいつも誰《だれ》かとそうやって食べてるのか？」

「ああ。よく黒瀬《くろせ》とかと。あいつとは中学からずっと一緒だったし」

「中学校か。ボクは行ってないからよくわからないな」

危うくパンに挟んであったコロッケを落としかけた。

「……何？　おまえ、中学校通ってなかったの？」

「ああ、ボクもお嬢様も高校からだ。小学校や中学校には通っていない。名前だけ入学して、一度も登校しなかった。それが決まりだったから」

決まりっていうのは、言わずもながら涼月《すずつき》の実家の決まりか。

はあん、金持ちの考えることはよくわかんねえ。そりゃあ自分の子供が大事なのはわかるが、あんまり過保護なのも問題があるんじゃないか。

「だから初めて学園に来たときは正直右も左もわからなかったよ。お嬢様は聡明《そうめい》で要領が良いから上手《うま》く対応されていたけれど、ボクには無理だった」

はぐはぐとチョココロネをかじる近衛《このえ》。

無理だった……ね。そりゃあ無理もない。いきなり高校からなんて俺《おれ》でもゾッとする。

俺が今この学園で交友関係を築いてそこそこ楽しくやっているのだって、たぶん小学校中学校と集団でいることに慣れた結果だ。

でも、近衛にはそれがない。

免許取りたてのドライバーがいきなり高速道路を走らされたようなもんだ。ビビってブレーキをかけるのも不思議じゃない。そう考えると、ちょっと可哀想《かわいそう》だよな。

「だから、おまえみたいに友だちとお昼を食べたことはないんだ」

近衛はらしくない弱々しい声で呟《つぶや》いた。

「……呼べよ」

「え？」

「あっ、いや……」

しまった。あまりにもらしくなかったんでついつい口を動かしてしまった。

「だから、ちゃんと俺のことを名前で呼べよ。俺だっておまえのことを『近衛』って呼んでるんだからさ。俺の名前は坂町近次郎《さかまちきんじろう》。長いからジローでいい。クラスのヤツらや涼月だってそう呼んでるだろ？」

考えてみりゃ、近衛が俺を名前で呼んだことって一度もないよな。それはちょっと気持ち悪い。なんか対等じゃないような気がする。

「でも……いいのか？」

「何が？」

「そんな友だちみたいに呼んで……嫌じゃないのか？」

「めんどくせえヤツだな。俺《おれ》は昔からジローってあだ名だったんだよ。それ以外の名で呼ばれる方が気色悪いんだ。だから、呼べよ」

「しかし、一緒にお昼を食べただけなのに……」

「一緒にメシを食って、どうでもいいことをダベる。そういうのを友だちっていうんだろ」

友だちの定義なんてそんなもんじゃねーの。ま、こんな無愛想なヤツと友だちになったのはちょっと癪《しゃく》だけどさ。

わずかな沈黙。

近衛《このえ》は考え込むように黙ってから、

「……わかった。じゃ、じゃあ呼ぶぞ？　ジ、ジロー……」

頬《ほお》を染めながら、どこか恥ずかしそうに俺の名を呼んだ。

瞬間、俺は自分の発言を呪《のろ》った。

……コイツ、超可愛《かわい》い。さすがはスバル様だ。学園一の美少年の称号は伊達《だて》じゃない。危うく見惚《みと》れそうになってしまった。

「お、おう。上出来《じょうでき》じゃん」

恥ずかしいのを誤魔化《ごまか》そうとしてか、口調がぶっきらぼうになってしまう。

チラッと隣を窺《うかが》うと、近衛は「ジロー、ジローかあ……」と何度か繰り返していた。なんだよ、やればできるんじゃねえか。

——と。

不意に、近衛の頭が傾いて俺の肩にコツンと当たった。

「ん？　もしかして眠いのか？」

見ると近衛はあくびを噛《か》み殺しながら目をしょぼしょぼさせていた。

「いや……違う。別に、眠くなんかない」

言いながらも、睡魔《すいま》に襲われてるのか顔がウトウトし始めている。

「別に眠ってもいいぞ。授業の時間になったら起こしてやるよ」

「……そんな気遣いは要《い》らない。見てろ。この程度の眠気なんかすぐにふっ飛ばして——」

言うが早いか、近衛は目をつむってすうすうと寝息を立て始めた。先に意識の方がふっ飛んだらしい。まあこう天気がいいんじゃ仕方ないか。

力を失った身体《からだ》が傾いて、綺麗《きれい》な横顔がアップになる。うーん、やっぱり可愛い。男のくせに、寝顔まで可愛いとは……。

「……って、待て待て」

忘れてた。

男子の制服着てるからすっかり忘れてたけど、近衛は女の子だった。

ぬぬ、どうやら俺の頭には未《いま》だに近衛＝男という方程式が成り立っているっぽい。だからついつい男として接してしまう。おかげで鼻血は出ないみたいだけどさ。

そんなことを考えていると、突然ガチャリと屋上の扉が開く。

現れた人物は、俺《おれ》にもたれる近衛《このえ》を見てわずかに目を細めた。

「へえ、珍しいわね」

艶《つや》やかな黒髪を揺らしながら颯爽《さっそう》と近付いてくる女子生徒。涼月《すずつき》だ。俺と近衛の様子を見に来たのか。でもよくここがわかったな。知らないうちに発信機でもつけられたか。

「ふふ、眠っちゃってる。珍しい。スバルが他人のそばで眠るなんて」

「そんなに珍しいのか？」

「ハーレーに乗って首都高を逆走するイリオモテヤマネコを見た気分ね」

どんな気分だ。珍しいってニュアンスは伝わってきたけど、涼月の表情からはそんな感情は読み取れない。相変わらずのクール&ビューティー。同い年のはずなのにやけに大人《おとな》っぽく見える。外見がこれだとどうも落ち着かないなぁ。

「たぶん緊張の糸が切れたんでしょうね」

「糸？　そういや今日の近衛は変だったけど、あれって緊張してたのか。でもなんで？」

やはりどこからか狙《ねら》われているのか。だとしたら早く死角に逃げないと。

「なんでって……そんなのあなたと会うからに決まってるでしょう」

「は？」

なんだそれ。どうして俺なんかと会うのに緊張するんだ。俺はゴルゴ13じゃないぞ。

「スバルにとってあなたと話すのはすごく神経の張り詰めることなのよ。前の晩から緊張して眠れないくらいにね」

「………。でも、こんなの普通じゃないか」

「普通？　それはあなたにとってでしょう。スバルにとっては何から何まで初めての体験よ。私以外の人間と一緒に登校して喋《しゃべ》って昼食を食べる。今までそんなことはしてなかったわ。友だちが欲しくても作れなかったせいでね」

「確かに、近衛《このえ》は友だちいないけど……」

でも、作ろうと思えば作れたんじゃないか。いくら高校からって言っても、もう一年も通ってるんだ。少しは慣れたんじゃ……。

「いないと作れないじゃ意味が違うわ。よく考えて。スバルには誰《だれ》にも言えない秘密があるのよ。自分が女の子だっていうね」

「………あ」

やっと、涼月《すずつき》の言葉の意味がわかった。

近衛は自分の秘密を他人に隠さなくちゃならないんだ。

隠すにはどうすればいい？

簡単だ。

他・人・と・関・わ・ら・な・け・れ・ば・い・い。

「スバルは私の執事でいることに強い拘《こだわ》りを持ってるの。それにはどうしても他人に秘密を知られるのを避けなくちゃならない。だからスバルは学園じゃ私以外の人間は誰もそばに近寄らせない。秘密を知られるのが怖くてね」

やけにあっさりと言ってるけど、近衛にとっては辛《つら》いことだったんじゃないのか。

友だちが欲しくても自分の秘密を隠すために作れない。クラスでの孤立。……ああ、コイツは好きで独りでいたわけじゃなかったんだ。

「スバルにとって私は主《あるじ》。この娘《こ》の中で私はとても友だちなんて呼べる存在じゃないと思うの。昔は『カナちゃん』なんて呼んでくれて仲が良かったんだけどね。でも──そんなスバルにも、やっと学園で友だちになれる人ができた」

涼月は穏やかに微笑《ほほえ》んだ。

「ジローくん。すでに秘密を知っているあなたとなら、スバルは友だちになれる。きっとクラスメイトと喋るなんて初めてだったから緊張したでしょうけど、それでもやっとできたチャンスを失くさないように、この娘なりに頑張ったのよ」

「……………」

なんだよ。じゃあ、コイツは俺《おれ》と友だちになりたかったのかよ。……バカじゃねぇのか。

そういうことは素直に言えよな。

「私としてもこの結果はうれしいわ。チャンスをあげた側としてもね」

「そういや俺《おれ》に近付くように近衛《このえ》に命令を出したのはおまえだったな」

「もちろん、あなたにも感謝しているわよ」

「……やめてくれ。恥ずかしいだろ」

「ふふ、照れ屋さんね。そんなあなたにはこれをあげる」

「……？　なんだこれ？」

渡された小さな紙を凝視《ぎようし》する。これは……チケットか？　でも何のだろ。

「名前をつけるなら執事券ってとこね。肩叩《かたたた》き券と同じようなものよ。それを使えば、あなたは一回だけスバルに命令できるの」

「命令って……」

「ジローくんのお望み通り、上半身だけ裸にして胸にハチミツをすりこませながら『ボクを舐《な》めてください』って言わせちゃう。そんな変態行為をさせることも可能よ」

「そんな愉快《ゆかい》な性癖《せいへき》は持ってねえよ！」

「静かに。スバルが起きちゃうでしょう」

「うっ……」

「まあ、使いたくなかったら使わなくてもいいわ。それは私からのお礼よ」

涼月《すずつき》はその場で優雅にお辞儀《じぎ》した。むう、さすがお嬢様。こういう仕草《しぐさ》は様になってやがる。まあ、それはそれとして……。

「なあ、一つ訊《き》きたいんだけど」

「なに？」

「この執事券に書いてある絵って……何？」

貰《もら》ったチケットを眺めた。そこには奇妙な形をした四本足の生き物が印刷されている。

「ああ、それは私が書いた羊のイラストよ。執事と羊をかけたの。たまには下らないシャレもいいんじゃないかと思って」

「羊って……」

これが？　この出来損ないのオニギリみたいな形したアヴァンギャルドな怪物が？　冗談だろ。どんな斬新《ざんしん》なセンスだ。まだピカソのゲルニカの方がわかりやすいぞ。

「なかなか上手《うま》いでしょう。実は私、子供の頃《ころ》からずっと画家になりたかったの。まあ、家を継がなくちゃいけないから断念したんだけどね」

「へえ……そりゃあ残念」

ホント残念だよ。この狂気に満ちた才能を世間にさらせれば、コイツにも社会の厳しさってものを味わわせてやれたかもしれないのに。

「あ、それから気をつけてね。今教室はあなたとスバルの噂《うわさ》で持ちきりよ」

「げっ」

「ふふ。じゃあ、また放課後に会いましょう。楽しみにしてるわ」

微笑を残して屋上から去っていく涼月《すずつき》。

軽く言いやがって。おかげで教室に戻るのが怖くて仕方なくなったじゃねえか。

隣からは「えへへ、カナちゃん……もう食べられないよぅ……」とか変な寝言が聞こえてきた。幸せそうな寝顔だこと。子供の頃《ころ》の夢でも見てんのかねぇ。

ああ、できれば俺《おれ》も夢の世界に旅立ちたいよ。

この後降りかかるトラブルをどう回避するかを考えながら、俺は深くため息をついた。

♀×♂

結果から言おう。

幸運にも、懸念したトラブルは全《まつた》くと言っていいほど起こらなかった。

教室に入った瞬間、クラスの大人《おとな》しそうな女子にナイフで腹を刺され「あはは……ジローくんが悪いんだよ？　わたしのスバル様に手を出すから……」なんて言われるんじゃないかってビビってたんだが、俺と近衛《このえ》が戻ってきても教室内はノーリアクション。気味が悪いくらいに静まりかえっていた。

黒瀬《くろせ》に聞いたところ、これは嵐の前の静けさだとか。すでに俺と近衛が二人で昼メシを食べに行ったという情報は学園中に伝播《でんぱ》してしまい、すぐさま近衛ファンクラブの最大派閥である『S4』の急襲部隊が俺の元に差し向けられることになった。

だが、寸前でそれを阻止した団体がいた。

その名も『スバル様を温かい眼差《まなざ》しで見守る会』。これは『S4』から独立した新しい派閥で、言ってしまえば内部分裂である。

この団体は、しばらく近衛の様子を見てから判断しようという理念の下に急転直下に結成されたそうな。

なんだ、近衛のファンにもマシなヤツはいるんだなと思ったが……実際は違った。

なんでも『スバル様を温かい眼差しで見守る会』というのは、その……あっちの趣味の女の子たちらしい。

つまりは腐女子ってヤツだ。

恐ろしいことにすでに俺と近衛がBLする同人誌の制作案まで出ているとか。どこが温かい眼差しだ。生温かすぎだろ。

まあ、今の状況はこの二つの派閥による冷戦状態。

近々でかい抗争が起こるだろうが、それまで俺の扱いは保留になったっぽい。安心したけどなんか複雑な感じだ。第二次世界大戦中の植民地になった気分である。

幸いなことに男子たちは面白おかしくこの争いを傍観《ぼうかん》していた。黒瀬も、俺と近衛がそういう関係だというのはあまり信用していなかった。それでも愉快《ゆかい》そうに「もうキスはしたのか?」なんて言いやがったので、とりあえず腹を殴っといた。当然だ。

そんなこんなで放課後。

そう、決戦のときである。

ついに、涼月奏《すずつきかなで》による俺《おれ》の女性恐怖症治療プログラムが実行されるのだ。


「──で、なんでゲーセンなんだよ、涼月」


俺はケータイを持ちながら、電話の向こうにいる涼月に訊《たず》ねた。

『あら、ホテルの方が良かった？　初めてのデートなんだからこれくらいがちょうど良いと思ったのに』

ハンズフリーで流れ出す音声。電話越しに相手を爆破する呪《のろ》いとかねえかな。知ってるヤツがいたら大至急教えてくれ。世界平和の為《ため》にこのお嬢様を葬《ほうむ》らねば。

『前にも言ったでしょう。あなたの女性恐怖症は女性に対する恐怖感が刷り込まれ続けた結果。なら、その恐怖感を拭《ぬぐ》うために普通の女の子に慣れればいいのよ』

だから無理矢理《むりやり》デートするってわけね。

今現在俺と近衛《このえ》がいるのは学園のある街のとなり街にあるゲームセンターの前。放課後になった途端、涼月に電話でここへ呼び出されたのである。

まあさすがに学園の近くのゲーセンに行く度胸はない。こんなところを学園の誰《だれ》かに見られたら死神のノートに名前を書かれても不思議じゃないぜ。

そう、あのスバル様とデートするなんて。

まったく、近衛もよくここまでするよ。涼月の命令とは言え、俺なんかとデートするなんて。昨日《きのう》はあんなに俺のこと嫌ってたのに……なんか理由でもあんのかな。

「そういや、おまえは今どこにいるんだよ？」

電話の向こうの涼月に訊《き》いた。俺がここに来たときには近衛（なぜかでかいスポーツバッグを肩から下げている）しかいなかった。

『私はそこの近くにある漫画喫茶で『ジョ×ョの奇妙な冒険』を読んでるわ。二人の時間を邪魔しちゃマズいから』

優雅な身分っすね。俺だってジョ×ョが読みたいよ。

『さあ、そろそろ始めましょうか。手始めにスバル。ジローくんの身体《からだ》に触ってみて』

「わかりました、お嬢様」

慎重な手つきで近衛が俺の腕に指を伸ばした。なんか時限爆弾でも解体する感じだ。ちょこんと、近衛の小さな指が俺の指先に触れる。

『さあ、どう？』

「どうって何が」

『ムラムラしてこない？』

「するわけねえだろ！　どんだけ飢えてんだよ俺《おれ》は！」

『おかしいわね……ちゃんと購買のパンには混入しておいたはずなのに』

「混入って何を⁉」

『バフ×リン』

「バフ×リン⁉　なんでそんな常備薬を！」

『だってあなたも心を病んだ現代人の一人でしょう？　だから今こそバフ×リンの優しさが必要なんじゃない』

「急に真面目《まじめ》そうなこと言い始めたよこの人！」

『私の知り合いにはバフ×リンを飲んで身長が5センチも伸びた人や、引きこもりから見事に社会復帰した人もいるわ』

「それ絶対バフ×リン関係ないよね！」

『——優しさは、世界を救う』

「かっこいい言葉で無理矢理《むりやり》締めようとすんなや！」

ビキビキとケータイの画面が音を立てる。危ねえ、もうちょっとで握り潰《つぶ》すところだった。

『まあ、ジャブはこれくらいにして』

ジャブでこれかよ。だったらおまえのストレートはどんな威力だ。会話が成り立つのか心配だよ。

『どうかしら、ジローくん。鼻血は出てない？』

「……？　出てないぞ」

顔を拭《ぬぐ》うが、全《まった》くの無傷だ。

『それはおかしいわね。あなたは今、女の子に触られたのよ』

「あっ……」

そういやそうだ。近衛《このえ》に――女の子に触られたっていうのに俺の身体《からだ》は全く反応しなかった。鼻血が出る兆候《ちょうこう》すらない。

『やっぱりね。たぶんあなたはまだ心のどこかでスバルを女の子だって認識してないのよ。だからちょっと触られたくらいじゃ恐怖症が発症しない。今回は、それを利用するの』

涼月《すずつき》は一度息を吐いてから、

『それではミッションスタート。とりあえず脱ぎなさい、スバル』

「わかりました、お嬢様」

「ちょっと待てぇえええええええええっ！」

身を乗り出しながら全力でツッコミを入れていた。

『どうかしたのジローくん。これはあなたの為《ため》なのよ？』

「うるせえ！　初《しょ》っ端《ぱな》から飛ばしすぎだろ！　おまえは自分の執事に何をさせる気だ！」

こんな人の多いところで脱げって……なんて危ないことを思いつくんだコイツ。頭に核ミサイルでも搭載してんのか。

『何を言っているのかしら。私がいつここで脱げなんて言ったのよ』

「えっ?」

近衛《このえ》を見るとぱたぱたとゲーセンの中に消えて行った。まさか中で脱ぐ気なのか。それこそ警察沙汰《けいさつざた》になるんじゃ……。

『心配ないわ。脱ぐのはトイレの中だから』

「はい? どういう意味だ?」

『ふふ、計画は完璧《かんぺき》よ。あなたはスバルを女の子だと完全に認識していない。それが好都合なの。いきなり普通の女の子とデートなんかしたら刺激が強すぎるから』

「それはわかったよ。つまりは少しずつ慣らそうってことだろ」

自転車の補助輪みたいなもんだ。まずは俺《おれ》がまだ女だと認識できていない近衛から始めて、徐々に普通の女に接するのに慣らしていこうっていうプランなのだろう。

「でも、どうして近衛を脱がすんだよ」

『すぐわかるわ。それより――』

「それより?」

『びっくりして倒れないでね』

「は？」

意味がわからなかった。

しかし待つこと数分、俺はその言葉の意味を瞬時に理解した。

浪嵐《ろうらん》学園の女子の制服に着替えた近衛が、ゲーセンから出てきたのだ。

「――っ！」

やばい。確かにこれは卒倒《そっとう》もんの衝撃だ。

め、めちゃくちゃカワイイ……。

制服のスカートから覗《のぞ》くほっそりとした足。ニーソックスを穿《は》くことでその脚線美がより際立っている。髪をほどいてリボンまでしているせいか、かなり女の子っぽい。ていうか似合いすぎ。この制服を着るために生まれてきたといっても過言じゃねえぞ。

『どうやらスバルが戻ってきたみたいね。大丈夫？　まだ意識は保ってる？』

「ああ……なんとかな」

そうか。あのスポーツバッグはこの為《ため》だったたか。わざわざ着替えを持ってきていたとは。恐れ入ったよ。

「なんか……胸まで大きくなってる気がするんですけど……」

近衛に聞こえないようにコソコソ言った。

『コルセットよ。スバルは普段コルセットで胸を締め付けてるの。あんまり意味無いけどね。それに、今はパット入りのブラをしているはずよ』

「へえ、そうなんだ……」

あれ？　でも待てよ。コルセットって硬いんじゃないか。昨日《きのう》うっかりあいつの胸を触ったときは確かに柔らかかったような……。

『ちなみに昨日、スバルはコルセットをするのを忘れていたそうよ。だから、あなたが昨日理科室で触ったのは――』

「待て。もういい涼月《すずつき》。それ以上はやめよう」

フラッシュバックする記憶と理性が脳内で大激戦。まるで壇ノ浦《だんのうら》の合戦だ。がんばれ理性。おまえが負けたら俺《おれ》は人の道を踏み外してしまう。

『さあ、それじゃミッションを続けて。あなたはその姿のスバルと今からゲームセンターでデートするの。何か起きたら連絡をちょうだいね』

「ちょ、ちょっと待て！　電話を切る気かよ！」

今の近衛《このえ》と二人きりされるのはやばい。着替えた近衛はどう見ても女にしか見えない。というか実際女だ。これじゃ慣れるどころかゲームセンターが血に染まる……！

『頑張ってね。私は今手が離せないの』

「なんだよ。漫画喫茶でなんかあったのか？」

『ええ。とても深刻な事態よ。今、ジョ×ノの体に入ったナラ×チャが大変なことに……』

「とりあえずジョ×ョを読むのをやめろ！」

そのシーンは俺も泣きそうだったけどさ。くつろぎすぎだろこの女。お嬢様のくせに漫画喫茶を満喫してやがる。

ブツっと電話が切れた。畜生《ちくしょう》、デビル涼月め。俺より漫画を優先しやがった。

「なぁ……ジロー。これ……変じゃないかな？」

やけに短いスカートを指でつまみながら、近衛が訊《き》いてきた。

「あ、ああ。すげえ似合ってる」

その証拠に周囲の目が集まり始めている。ホント知り合いがいなくてよかったよ。

「そ、そうかな？　実はこの制服……一度は着てみたいって思ってたんだ」

ひらひらとスカートを揺らしながら、近衛は嬉《うれ》しそうにくるくる回った。

もしかしたらずっと女の子の格好がしてみたかったのかな。男として暮らしてちゃ機会がないだろうし。

「さあ、行こう。ジローの恐怖症を治すんだ」

やけに張り切りながらゲーセンの入り口へと駆けて行くスバル様。俺もそれを追ってゲーセンへと入る。……なあ、これって絶対荒療治だよな？

「ジロー、これはなんだ？」

入って早々、近衛の視線はクレーンゲームに釘付《くぎづ》けになった。もしかしてゲーセンすら初めてなのか。

「それはＵＦＯキャッチャーって言って、お金を入れて中身を上手に取るゲームだ」

「ほう」

説明したがどう見ても聞いてない。近衛《このえ》はドレスに憧《あこが》れる少女のようにガラスケースにべたっとへばりついていた。

そんなに気になるのかと思って覗《のぞ》くと『沈黙ヒツジ』なるヌイグルミがガラスケースの中で群れをなしていた。

「………」

おい、これって大丈夫なのか。

デザインはかわいくデフォルメされた羊のヌイグルミなんだが、なぜか歯がギザギザしていて妙に鋭い。それに口元が赤いヤツもちらほら混じっている。なんとなく、あの映画に出てくるあの博士を連想してしまう。好物が人間とかじゃねーだろうな。

「……かわいいな……」

むー、この様子だとかなり気に入ったらしい。意外に少女趣味なのかもしれん。センスは若干《じゃっかん》おかしいけど。

あまりに欲しそうにしているので「取ってやろうか？」と訊《き》くと近衛はこくこくと頷《うなず》いた。やるのが久し振りだったせいで千円もかかってしまったが、なんとか不気味《ぶきみ》なヒツジ

をゲットすることに成功し、渡してやると、

「うわあ……かわいー……」

ああ、可愛《かわい》いよ。おまえがな。

この笑顔を見られただけでも千円払う価値はあったかもしれん。おかげで今月買うはずだったCDは見送りである。こんなこと続けてたらいつか自己破産だ。執事に貢ぐとかシャレにならねえぞ。

「……ん？」

そんなことを考えていたら、唐突にあれの存在を思い出した。ポケットから一枚のチケットを取り出す。そう、例の執事券。本当に使えんのかな、これ。

「なあ、近衛。これって何か知ってるか？」

幸せそうにぎゅっとヌイグルミを抱えていた近衛に執事券を見せてやると……その表情が一気に凍りついた。

「バカな……どうしておまえがそれを持っている？」

「どうしてって、涼月《すずつき》がくれたんだよ。それより、これを使えばおまえが俺《おれ》の命令を聞くって本当なのか？」

「………」

顔を蒼白《そうはく》にして黙り込む執事くん。

むむ、どうやら本当っぽい。どうしよう。せっかくだし使ってみるか。えーっと、チケットに書いてある説明だと……破った瞬間から主従契約が成立するのか。

ビリビリと執事券を破る。

すると彼女は不器用な笑みを浮かべて、

「――な、何か御用でしょうか？　ご主人様」

「…………」

…………。

あー、その、なんて言うんですかねー。

やべえ。

思った以上に破壊力があるぞ、これ。女の子にご主人様とか呼ばれてしまった。いかんいかん。このままじゃいけない道に踏み出してしまいそうだ。

「なあ、今近衛《このえ》は俺《おれ》の執事なわけだよな」

「……っ！　は、はい、おっしゃる通りです。ご主人様」

ふるふると瞼《まぶた》が震えている。よっぽど涼月《すずつき》以外のヤツの命令をきくのが嫌なようだ。まあ、ここであんまり無茶《むちゃ》な要求をするのは嫌だし……軽い命令にしとくか。

「メェ～って鳴いてみて」

「は？」

執事くんは、今しがた主《あるじ》が下した命令が信じられないといった感じで訊《き》き返してきた。

「いや、だからメェ～って鳴いてみて。好きなんだろ、羊。だったら簡単じゃん」

「〰〰っ！」

しばしの沈黙のあと、彼女はぶるぶると恥辱《ちじょく》に口唇《くちびる》を震わせた。

そして、これでもかと瞳《ひとみ》に涙を溜《た》めながら、

「メ、メェ〰〰っ」

と。

狼《おおかみ》に襲われた哀れな小羊のように一声鳴いた。

迫真の演技だった。

………。

なぜだろう、人としてやってはいけないことをしてしまった気がする……。

それに、近衛は羊が好きでも羊のマネをするのはあまり好きじゃなかったようだ。いや、なんでって親の仇《かたき》を見るみたいな目で俺を睨《にら》みつけてるし……。

「……ご主人様」

「な、なんだよ。もう執事券の効果は切れたんだから普通に戻っていいぞ」

「――いえいえ、何をおっしゃるのですか。ボクはご主人様の執事ですよ？」

「………っ！」

た、大変だ！

満面の笑顔なのに、目だけが全《まつた》く笑ってない！

「あ、ご主人様。頭にホコリが付いていますよ」

「!? や、やめろ近衛《このえ》！　ホコリくらい自分で取れるからっ！」

ずいっと俺《おれ》と近衛の距離が縮まる。ぞわぞわと鳥肌がスタンディングオベーション。アップになる近衛の顔。キスすらできそうな距離だ。

「どうかしたんですかご主人様。そんなにガタガタ震えて。寒いんですか？　なんならボクが暖めて差し上げましょうか？」

耳元で囁《ささや》かれる。ダメだ。鼻の奥がツンとしてきた。鼻血が噴き出す前兆である。

「ご、ごめんなさい！　悪かった！　謝ります！　草食動物のマネなんかさせてすいませんでした！　だからこれ以上俺に近付くのはやめよう！　このままじゃまた失神――」

「安心してください、ご主人様」

執事くんは、聖母のように可憐《かれん》に微笑《ほほえ》んで、

「失神したくらいで、ボクが許すと思ってるんですか？」

ああ――。

恐ろしいことに、意識を失ったあとに更なる復讐《ふくしゆう》が待っているらしい。

せめて目が覚めたら縛られて吊《つ》るされてるとかはやめて欲しいな、と俺は思った。

思った瞬間だった。

「ぎゃはっ⁉」

衝撃が――身体《からだ》を襲う。

ドロップキック。

突如ミサイルのごとき勢いで飛んできたその一撃に、俺の身体はふっ飛んでいた。

不意打ちに驚きながらも、受身を取ろうとゲーセンの床をゴロゴロ転がる。

回る視界。その中で、俺の側頭部に見事なドロップキックをかましたそいつ――ショートカットの似合う女の子は、鮮やかに着地をキメていた。

そう、坂町紅羽《さかまちくれは》。

見誤るはずもなく、我が妹君の登場であった。

「く、紅羽！　おまえ、こんなところで何してやがる！」

ずれた眼鏡《めがね》を直しながら叫ぶ。くそっ、首がギシギシいってやがる。常人だったら間違いなく骨がイカれる一撃だったぞ。

「何してやがるはこっちのセリフだよ、兄さん……！」

妹の声は怒りに震えていた。

「学園で変な噂《うわさ》を……兄さんが男の人と付き合ってるなんて噂を聞いてさ。そんなわけないって思ったけど、心配だったから学園からずっとついてきたんだよ」

「ついてきたって……尾行してきたのか⁉」

ストーカーかよおまえは。兄をストーキングとか笑えねえぞ。

「うん。そしたら……まさかこんなことになってるなんてね。さあ、何か言ったらどうなんですか？　近衛《このえ》先輩」

紅羽《くれは》の言葉にびくっと近衛の身体《からだ》が震えた。

しまった。

今の近衛はどっからどう見ても女の子だ。これじゃ誰《だれ》が見ても気付いてしまう。あのスバル様が、実は女の子だっていう事実に……！

「あなたにこんな秘密があったなんて……びっくりですよ」

紅羽は、トリックを見破った名探偵のように近衛を指差した。

そして、ビシッと断言する。

「まさか、あなたが女装趣味のあるヘンタイさんだったなんて！」

『は？』

俺《おれ》と近衛、二人分の気の抜けた声が聞こえた。

……………。

よかった。

妹がバカでよかった。

どうやら最悪の事態だけは免《まぬが》れたらしい。

「あなたが今朝《けさ》家に来たときからおかしいとは思っていたんです！　このドロボウ猫っ！　あなたがうちの兄さんをたぶらかしたんですねっ！」

「ちょ、何を言ってんだこのバカ！　そんなことがあるわけ――」

「兄さんは黙ってて！」

フーフーと手負いの獣のように息を乱しながら、紅羽は俺の言葉を遮った。

「全部……全部あたしは見てたんだよ？　兄さんが女装した近衛先輩にヌイグルミをプレゼントしたり、二人で抱き合うみたいに身体を寄せ合ったり……そして、極めつけは……！」

妹は目に大粒の涙を溜《た》めて、

「キス……男の人同士でキスしようとしてたでしょっ！」

……終わった。

心の中にある何かが俺にそう申告した。

そういや紅羽は昔から思い込みが激しかった。経験上、こうなったコイツはもはや誰の言うことも聞かずに――暴走する。

「近衛先輩……いくら可愛《かわい》いからって……学園一の美少年だからって……うちの兄さんを誘惑するなんて……っ！」

それは、タイマーが作動した時限爆弾を見ている気分だった。

「あたしの……あたしの兄さんを返せぇ────っ！」

爆発する妹。

咆哮《ほうこう》と同時に、その小さな身体《からだ》が近衛《このえ》めがけて弾丸のごとく走り出す！

「くっ、近衛！　気を付けろ！　そいつは──」

俺《おれ》が忠告を発しようとした瞬間、すでに近衛の身体は動き出していた。

おそらくは身を守るための反射的な動作。一直線に突っ込んでくる紅羽《くれは》に、近衛は牽制《けんせい》の左拳《ひだりこぶし》を出そうとして──。

「甘い！」

繰り出された近衛の拳を、紅羽はひょいっと軽やかな動きでかわす。そしてそのまま近衛の手首を掴《つか》み、その身体に飛び移るように足を絡《から》めた。

跳びつき腕十字固め。

確かそんな名前の技だ。散々練習台にされてきた俺が言うんだから間違いない。

──関節技《サブミッション》。

紅羽は、鮮やかに近衛の関節をキメようとしていた。

バランスを崩した近衛の身体がうつ伏せに倒れる。こうなってしまったら後《あと》は簡単だ。

紅羽が掴んだ腕を伸ばすだけで、近衛の肘《ひじ》は完璧《かんぺき》に破壊されてしまう……！

「どうだ！　これが浪嵐学園《ろうらん》手芸部の実力よっ！」

勝利を確信したのか、妹は叫んだ。

いや、普通の手芸部員はこんな見事に関節技をキメたりしねーだろ！　とツッコミを入れたかったが、今はそれどころじゃない。

さすが紅羽。だてに十年以上俺をシバいていないぜ。このままだと、リアルに近衛の腕が折れ、

「！」

紅羽の技がキマったと思った——その瞬間だった。

ぎゅるっと近衛の身体が回る。驚くことに近衛は自らの身体を前転させ、その回転力を利用して強引に紅羽の拘束《こうそく》を解いていた。

「えっ——」

紅羽の顔が驚愕《きょうがく》に染まる。完璧にキマろうとしていた腕十字から抜け出されたのに焦ったのか、一瞬だけ体勢を立て直すのが遅れてしまう。

その一瞬を——近衛は見逃さなかった。

ミドルキック。

中腰で立ちあがろうとしていた紅羽の顔面に、強烈な中段蹴り《ちゅうだんげ》を放っていた。

「きゃっ!?」

どうにか顔の前で両腕をクロスして防御。しかし喰《く》らった蹴《け》りの威力に身体《からだ》は派手に後ろにふっ飛んだ。

「お、おい！　紅羽《くれは》!?」

床に倒れている妹に駆け寄る。

紅羽はショックを受けた表情で大の字に寝転んでいた。

顔が無事なところを見ると、蹴りのダメージで動けないのではなく、いとも簡単に関節技から抜けだされ、そのまま圧倒されてしまったことが衝撃だったらしい。

「な、なに、これ……」

ぶつぶつとうわごとのように呟《つぶや》いた後《あと》、

「こんな……こんなの反則よっ！」

うわああっと叫び声を上げながら、紅羽はゲーセンから走り去っていった。

俺《おれ》と近衛《このえ》は、それをただ呆然《ぼうぜん》と見送るしかできなかった。

♀×♂

「すまない、ジロー。妹さんをあんなに強く蹴るつもりはなかったんだ……」

男の姿に戻った近衛はシュンとうな垂れていた。

紅羽が去ったあと俺たちもゲーセンを出た。というか逃げた。さすがにあれだけの騒ぎを起こしたら居づらくて仕方がなかったのだ。

今は帰宅途中。涼月《すずつき》と近衛の帰宅ルートが偶然にも俺の家の前を通るので、一緒に帰ることになったのである。

「そう落ち込むなよ。ああでもしなきゃ紅羽は止まらなかったし」

実際、近衛が護身術《ごしんじゅつ》を習ってなかったらやばかった。じゃなきゃ全身バキバキにされていたかもしれん。紅羽ならそれくらいうっかりやりそうだ。

「まあ、スバルの蹴りがきっかけであなたの妹さんがいけない趣味に目覚めないことを祈るわ」

「黙れ涼月」

平然としやがって。誰《だれ》のせいでこんなことになったと思ってんだ。

ああ、帰るのが怖い。きっと今ごろ荒れてるんだろうなあ、紅羽のヤツ。

「はあ、また熊五郎《くまごろう》を修理しなくちゃなんないのか」

「……熊五郎？　誰だそれは？」

近衛が怪訝《けげん》そうな顔をした。

「ああ、紅羽がガキの頃《ころ》から持ってるでっかいクマのヌイグルミだよ。よくボロボロになるからその度に俺が修理してるんだ」

「なんだ。あの娘《こ》にも可愛《かわい》らしいところがあるじゃないか。やっぱり女の子だな」

「……………」

……言えない。

実は熊五郎《くまごろう》は、俺《おれ》が家にいないときに身代わりとして紅羽《くれは》のサンドバッグになってるヌイグルミなんだよ……なんて、口が裂けても言えなかった。

容赦なく紅羽にシバかれてボロボロになり、何回も燃えるゴミと一緒に捨てられそうになった熊五郎を、俺は何度も何度も修理していた。

もはや感覚的にはヌイグルミというより戦友に近い。俺と熊五郎は、二人三脚《ににんさんきゃく》で坂町《さかまち》家の修羅場を潜《くぐ》り抜《ぬ》けてきたのである。

「じゃあな。また明日学園で」

家の前まで来たので二人と別れた。

俺の家は普通の一軒家……じゃない。外から見ればただの一戸建住宅なのだが、建物の下には道場兼ウェイトルームになっている地下室がある。俺と紅羽はガキの頃《ころ》からそこで母さんによる格闘技教育を受けてきたわけだ。俺はいつもやられっぱなしだったが。

車庫には真《ま》っ赤《か》で高級そうなスポーツカーが停《と》まっているけど、これも母さんの趣味。昔はよくこれで峠をかっ飛ばしていたんだとか。どこの走り屋だよ。

玄関のカギを開ける。

さあ、ここからが正念場である。紅羽に今日あったことを上手《うま》く説明しなければ。きっと骨の折れる作業になるんだろうな。

「……マジで折られなきゃいいけど」

……シャレにならない独り言を呟《つぶや》いてから扉を開けると、家の中は真っ暗だった。

……おかしいな。もうとっくに紅羽が帰ってるはずなのに。

そう思いながら、廊下の電気を点《つ》けると――。


クマのヌイグルミが惨殺されていた。


「ひいっ！」

俺は思わず悲鳴を上げた。

廊下の真ん中にあるのはズタズタに引き裂かれたヌイグルミの惨殺死体。

熊五郎だ。

やばい。今現在の紅羽は日本株式市場なみに荒れているらしい。この凄惨《せいさん》な現場がそれを物語っている。

一体どんな技をかければこうなるんだ。もはや修復不可能なほどバラバラになった熊五郎の身体《からだ》。ふと――その無機質なプラスチックの瞳《ひとみ》と目が合った。

『――生きろ』

………！

信じられない。幻聴《げんちょう》だ。決して声を出さぬはずのヌイグルミが、俺《おれ》に向かって最期の言葉を発した気がした。

「く、熊五郎《くまごろう》ぉ――――――――っ！」

ああ……さらば、我が愛《いと》しき戦友よ。次に生まれ変わるときは、せめてネズミのヌイグルミにでもなってたくさんの子供たちに愛されてくれ。

俺は心の中で熊五郎に別れを告げ、止めどなく流れる熱い涙を拭《ぬぐ》った。

「……兄さん」

「く、紅羽《くれは》!?」

聞きなれた声に改めて前を向くと、そこには紅羽が立っていた。まだ制服のままである。

「おかえり」

「あ、ああ、ただいま……」

あれ。思ったより落ち着いてるぞ。それどころか元気がない。やっぱり近衛《このえ》に負けたのがショックで落ち込んでるのかな。

「兄さん……一つ訊《き》いていい？」

「な、なんだよ？」

妹のやけにマジな口調に緊張してしまう。もしかして遺言《ゆいごん》とか訊かれてるんじゃねえよな。次に喋《しゃべ》ったことが俺の最期の言葉になったりして。あはは、笑えねーぞ。

「兄さんって……近衛先輩と付き合ってるの？」

「ち、違う。あいつはただの友だちだ。そもそも男同士で付き合ってるわけないだろ」

「……そっか。そうだよね。今日のは全部あたしの勘違いなんだよね。ああ、よかったぁ」

ホッと胸を撫《な》で下ろす紅羽。

はて？　心なしか顔が赤くなっているような。風邪でも引いたんだろうか。

「あのね……兄さん。ちょっと相談があるんだけど……」

「相談？」

「うん。あたし……好きな人ができちゃったの」

「……は？」

「こんな気持ちになったの初めてで……その、どうしたらいいかわからなくて……」

「………」

紅羽は恥ずかしそうに頬《ほお》を赤く染めた。

「実は……その人、兄さんの友だちなんだ」

警戒警報発令。嫌な予感がする。まるで津波がやってくる寸前の砂浜でビーチバレーにでも興じてる気分だ。これは、とんでもないビッグウェーブがくるぞ……！

「それで相談なんだけどね……兄さん」

紅羽《くれは》はモジモジしながら指をくっつけたり離したりしている。

「近衛《このえ》先輩って、付き合ってる人とかいるのかな?」

「さ、さあ、いないんじゃないか」

「そっか……そうなんだ」

えへへと紅羽は笑った。

「実はね、兄さん」

「な、なんだ?　我が妹よ」

「さっきのキックで、ずきゅんってきちゃったの」

「へ、へえー……」

「近衛先輩って、強くてかっこいいよね」

「ま、まあ、そうだな……」

「あたし——、大好きになっちゃった」

「……」

大変だ、天国の親父《おやじ》。

あんたの娘が、女の子に恋しちまったぞ。

# 第3話　彼女の憂鬱《ゆううつ》

「あはははははは」

翌日。

昼休みの屋上。

澄み切った青空の下で、涼月《すずつき》は笑っていた。

腹部を押さえながら、酸欠になりそうなぐらいに笑い悶《もだ》えていた。

「……笑うなよ。事態は深刻なんだぞ」

できることなら俺《おれ》だって笑いたいさ。だって信じられるかよ。あの紅羽が、近衛を好きになっちまうなんて……。

「ほら、私の言った通りじゃない。結果的にはジローくんの妹さんが、スバルの蹴《け》りでいけない趣味に目覚めちゃったのね」

「なあ、その言い方はやめようぜ。このままじゃストレスで俺の胃に穴が開く」

そう……すべての原因はあの蹴りだった。

いや、決して俺の妹にそんな変態的な趣味があるわけじゃないぞ。

『自分より強い人が好き』

思えば、紅羽《くれは》は昔からよくそう言っていた。

しかし悲しいことに紅羽は我が坂町《さかまち》家の人間——格闘技の申し子である。

生涯無敗。

それこそ、今まで紅羽に勝てる同年代の男なんて誰《だれ》もいなかった。

そんな紅羽が初めて味わった敗北。

近衛《このえ》スバル。

文字通り、その強さにずきゅんときちまったんだろう。

ただ、問題は……。

「いいじゃない。お似合いの二人だと思うわ」

「……おまえ、本気で言ってんのか？」

「多少の障害なんて二人の愛があれば乗り越えられるでしょう？」

「頼むから俺《おれ》に同意を求めないでくれ。そんなことを聞くためにおまえをここに呼び出したんじゃないんだよ」

今ここに近衛はいない……というか、こんな話をしてるのに呼べるわけがない。

そんなわけで涼月《すずつき》と二人きり。

こんなところを学園の男子に見られたら夜襲をかけられるかもしれないが、そんなことも言ってられん。状況は一刻を争うのだ。

「紅羽は近衛の秘密を知らないんだぞ。それともおまえはあいつらがそういう関係になってもいいのかよ」

「あら、最近じゃそういう恋愛も珍しくないんじゃない。意外と近くにそういう趣味の人がいるかもしれないわよ」

いねえよ。そんなヤツは地球上でもかなり珍しい生き物に違いない。きっとガラパゴス諸島にでも生息してるんだ。

「とにかくだ。協力してくれ涼月。おまえにだって責任はあるんだぞ」

「責任？」

涼月は怪訝《けげん》そうな顔をした。

「そうだよ。……おまえ、今朝《けさ》も近衛を俺の家に寄越《よこ》したろ」

「そうね。何か問題があった？」

「大ありだ。おまえのせいでこっちはえらい目にあったんだよ……！」

「？」と不思議そうに首を傾《かし》げている涼月に、俺は今朝起きた事件を説明してやることにした。

そう、早朝の坂町家で起きた、あの悪夢のような惨劇を……。

♀×♂

「おはよ、兄さん」

「よ、よう、紅羽《くれは》。どうした？　やけに元気ないけど寝不足か？」

「うん。なんか胸がドキドキしちゃって眠れなくて」

「………」

「そういう兄さんも顔色悪いけど、また寝てないの？」

「ああ……なんか胸がドキドキして眠れなくてさ」

「ふえ？　なんで兄さんまでドキドキしてるの？」

「いや……気にするな、ちょっと深刻な悩みがあるだけだ。それよりシャワーでも浴びてさっぱりしてこいよ。俺《おれ》もあとで浴びるから」

「うん、ありがと。じゃあ先に使うね」

パタパタと紅羽はリビングから脱衣所へと向かった。

数秒後、ガチャリと玄関のドアの開く音。

「おはよう、ジロー」

「こ、近衛《このえ》!?　なんで俺の家に!?」

「む。そんなの一緒に登……いや、おまえの監視をするために決まっているだろう。それより玄関の鍵《かぎ》はちゃんと閉めた方がいい。不用心だぞ」

「……………」

「？　なんでそんな深刻な顔で黙っているんだ？　ボクが来て何かまずいことでもあるのか？」

「い、いや、別にそんなことは――」

「兄さ～ん。お風呂場《ふろば》のシャンプーが切れてるみたいなの。だから押入れから買い置きのやつを……」

言いながら紅羽はリビングに戻ってきた。


半裸で。


シャワーを浴びる直前だったのか、下着しか身につけていない。

そんなあられもない姿の妹は、突然の来訪者を見て言葉をなくしていた。

「…………」

「…………」

「…………」

黙りこむ俺たち。

リビングを静寂《せいじゃく》が支配する中、紅羽《くれは》の顔が信号機のように目まぐるしく変色。

驚愕《きょうがく》に見開かれた両目は一点を凝視《ぎょうし》していた。

もちろん、近衛《このえ》スバルを——。

「にゃあああああああああああああああっ！」

切り裂かれる静寂。

断末魔のごとき悲鳴を上げて、紅羽はリビングから走り去った。

逃走経路から言って、たぶん自分の部屋に行ったんだろう。

何事もなかったように、再びリビングに静寂が訪れる。

回想終了。

これが——早朝の坂町《さかまち》家で一人の少女の身に起きた惨劇の全貌《ぜんぼう》である。

♀×♂

「あははははははははっ！」

俺《おれ》の話を聞いて、涼月《すずつき》は目に涙を浮かべながら爆笑しやがった。

「笑うなっ！　こっちは大変だったんだぞ！」

事件の後《あと》、俺が何を言ってもあいつの部屋のドアが開くことはなかった。仕方がないか

ら先に学園に来たんだが……。

「大丈夫かな、あいつ。あのまま不登校とかにならなきゃいいけど」

「あら、それなら大丈夫よ」

涼月《すずつき》はわかりきったことでも言うように、

「だって、そこにいるわよ。あなたの妹さん」

俺《おれ》の背後を指差した。

「は?」と振り返ると、そこには屋上の扉。

わずかに開いた扉の隙間《すきま》から、こちらを覗《のぞ》く大きな瞳《ひとみ》が——。

「げっ」

ホラー映画じみた光景に呻《うめ》き声《ごえ》を上げた瞬間だった。

どかんっと扉が開いて、見なれたショートカットが現れた。

紅羽《くれは》だ。

「探したよ。兄さん」

「お、おまえ、いつからそこに……」

「今さっきかな。それより、どうして兄さんが涼月先輩みたいな有名人と一緒にいるの?」

「……」

「……うん。言いたくないんなら言わなくてもいいよ。あたし、もう全部わかっちゃったから」

「はい？」

わかっちゃった？

なにが？

「やっぱり……兄さんは近衛《このえ》先輩と付き合ってるんだね」

「どうしておまえはそういう方向に話を持ってくんだよ！」

コイツの思考回路は宇宙にでも繋《つな》がってるのか。やけに真剣な表情してると思ったらまた誤解してんのかよ。

「だって、そうとしか思えないよ。昨日《きのう》のこともあるし、今朝《けさ》も近衛先輩が兄さんを迎えに来たしね」

「そ、それは……」

うう、確かに。

昨日と今朝のことを考えたらそう思われても仕方ないかもしれないけど……。

「それに……兄さんだし」

「ちょっと待て！　その兄さんだしってのはどういう意味だ!?　おまえは俺をどんな兄だと思ってんだよ！」

「……ＢＬ？」

「うわあああああああっ！」

なんてこった！　家族に……実の妹に同性愛者だと認識されてしまった！

「大丈夫だよ兄さん。あたし、そういう趣味の人にも偏見を持たないように頑張るから」

「やめろ！　そんな温かい目でこっちを見るな！　俺《おれ》はまぎれもなく異性愛者だ！」

「そうだよね……兄さんは、女の人も好きだったね」

「『も』ってなんだよ！　俺が好きなのは女だけだ！」

「はいはい、もうわかったから」

「わかってない！　おまえは全然わかってないぞ！」

「……じゃあ、どういうことなの？　あたしにもわかるように説明してよ」

「うっ……」

くそ、説明できるならしたいよ。

でもここには涼月《すずつき》がいる。

俺が紅羽《くれは》に近衛《このえ》が女だってことをバラしたらこの女に何をされるかわからない。もしかしたら洗脳とかされて記憶を消されるかもしれん。

恐る恐る隣を窺《うかが》うと、涼月は小さく息を吐いた。

「わかったわ。こうなったら本当のことを言いましょう」

「す、涼月……」

「仕方ないでしょう。ここまで来たらもう隠し通せないわ」

涼月はしっかりと紅羽と向き合った。その口唇《くちびる》がゆっくりと言葉を紡《つむ》ぐ。

「坂町《さかまち》さん。あなたの見解は間違ってないわ。スバルは——あなたのお兄さんのことが好きなのよ」

「…………」

ちょっと待て。

いきなりなに言ってんですかこの人!?

「やっぱり」

うなずく紅羽。反論したかったが、俺はショックで口もきけなかった。

「でも安心して。ジローくんとスバルはまだ付き合ってはいないから」

「えっ……そうなんですか？」

「ええ、そうよ。だって……」

涼月は少しだけ間を置いてから、

「ジローくんは、この私と付き合ってるんだもの」

なんて。

わけのわからないことを口にした。

『は？』

ガツンと金属バットで後頭部をフルスイングされた感じだった。

紅羽《くれは》も同じだったらしく、驚愕《きょうがく》に目を白黒させている。

「いっ……今、なんて……」

「聞こえなかった？　あたしとジローくんは恋人同士なの。スバルには秘密だけどね」

「そっ……そんなっ！　そんなの嘘《うそ》です！　どうして涼月《すずつき》先輩みたいな人がうちの兄さんと付き合ってるんですか！」

「どうしてって、私がクラスメイトと付き合っちゃいけないのかしら」

「そ、そういうわけじゃないですけど……！」

うーっと紅羽は唸《うな》った。見たところ全然納得してないっぽい。そりゃそうだ。俺《おれ》だってわけわかんねえもん。

「でも……やっぱり信じられません！　ちゃんとした証拠でもない限り、そんな話を信じられるわけが――」

「わき腹の痣《あざ》」

その言葉に、妹は銃弾でも撃ち込まれたみたいにピタッと固まった。

「ジローくんって左のわき腹のところに痣があるでしょう。私がそれを知っていることが確固とした証拠よ」

「そっ、それは、どういう意味ですか？」

「あら、聞きたいの？」

くすっと彼女は笑う。

「私がジローくんの服を脱がせたからよ。もちろんベッドの上でね」

全《まった》く表情を変えずにとんでもないことを言う涼月さん。

確かに嘘は言ってない。昨日《きのう》コイツに保健室のベッドの上で服を脱がされたのは事実だ。なにもなかったはずだけど。

しかし、そんなことは全く知らない我が妹君は、顔を真《ま》っ赤《か》にして茫然《ぼうぜん》としていた。

「そ……そんな……ベッドって……」

「言ったでしょう？　私とジローくんは付き合ってるの。だったら別に普通じゃない」

「う……うそ……兄さんが……」

紅羽はぐるぐると目を回しそうだった。ちなみに俺はもう回している。立ってるのがやっと。急激な状況変化についていけません。

「でっ、でも……兄さんは女の人に触られるのが苦手で……」

「大丈夫。多少の障害は二人の愛があれば乗り越えられる。少なくとも私はそう思ってるから」

「……」

涼月《すずつき》の言葉がかなりショックだったのか、紅羽《くれは》はもはやひっくり返る寸前だった。タオルがあったら投げ込まれているだろう。

「でも——だから私はあなたを応援したいの」

「……え？」

打って変わって、彼女は優しい口調で囁《ささや》いた。

「スバルにはちゃんと女の子と恋愛して欲しい。あの娘《こ》の主《あるじ》としても、ジローくんの恋人としても、私はそう思うの。だから、坂町《さかまち》さん」

懐《ふところ》からチケットのようなものが取り出される。今度は執事券じゃない。それは——最近この近くにリニューアルオープンしたレジャーランドの入場券だった。

けど、どうして四枚もあるんだろう。

「今週の日曜日、遊びに行きましょう」

「遊びに……ですか？」

「そう、私とジローくんとスバルとあなたの四人で。こういうのをダブルデートって言うのかしら。ね？　とっても楽しそうでしょう」

涼月はにこやかに微笑《ほほえ》みかけた。

そこにいたのは間違いなく涼月奏《かなで》。

学園一の美少女。

パーフェクトなお嬢様としての彼女の姿だった。

「坂町さん……いいえ、紅羽ちゃん。私はあなたに頑張って欲しいの。だから精一杯応援するわ。だって——あなたは将来、私の妹になるかもしれないんだもの」

完璧《かんぺき》なスマイルとともに、涼月はトドメの弾丸を撃ち込んだ。

決まった。

もはや誰《だれ》が見ても勝敗はあきらかだった。

「わかりました、涼月先輩。……いえ、お姉さま」

何かを決心したのか、紅羽は小さな拳《こぶし》をぎゅっと握り締めた。

「あたしが必ず、近衛《このえ》先輩をいけない道から救い出してみせますっ！」

「ふふ、ありがとう紅羽ちゃん。期待してるわ」

がっしりと。

紅羽と涼月は固い握手を交わした。

どうやら、二人の間には言葉では表せない強い絆《きずな》が結ばれたらしい。

……………。

まあ、なんて言うか。

涼月奏。

やっぱりこの女、ただもんじゃねえぞ。

あの紅羽《くれは》を、完璧《かんぺき》に手なずけやがった。

「それじゃお姉さま。あたしはそろそろ教室に戻ります。日曜日、楽しみにしてますから！」

ぶんぶんと元気に手を振りながら、紅羽は屋上から去って行った。

それを見送ってから、

「……おい、涼月《すずつき》」

「なあに？　ジローくん」

「さっきの話って……」

「ええ、まったくのデタラメね。あのチケットも偶然手に入ったものよ」

何事もなかったように言う涼月。

悪魔だ。

優等生の仮面を剥《は》ぎ取って、今ここにデビル涼月が再臨《さいりん》していた。ぎゃー、助けて神父さま。誰《だれ》か大至急ヴァチカンにエクソシストの要請をしてくれ。

「だって仕方がないでしょう。あのまま話をしていたら、ジローくんがスバルの秘密をバラしちゃいそうだったし」

「そりゃあそうだけど……でも、おまえと俺《おれ》が付き合ってるなんて……」

「別に大丈夫よ。あの娘《こ》が周りに言いふらすタイプには見えなかったしね」

　確かにあいつはそういうタイプじゃないが……大丈夫かな？　もしこんなことが近衛《このえ》にバレたら主《あるじ》に手を出した外敵と見なされてギロチンにでもかけられるんじゃ……。

「それに……なんでまた遊びになんか行くんだよ」

「あら、だって……」

　涼月はくすくすと笑っていた。

「すっごく面白そうでしょう。こんなおかしなシチュエーションは生まれて初めてよ。あ、日曜日が楽しみで仕方ないわ」

「……さいですか」

　俺は半ばあきらめた。

　なんだろう。

　だんだん涼月っていう人間がわかってきた気がする。

　つまりコイツは、面白くて笑えることが大好きなのだ。箱入りのお嬢様だから案外そういうことに飢えているのかもしれん。退屈を嫌い、常に自分を楽しませる何かを求めて、その為《ため》には手段を選ばない。

　典型的な愉快犯《ゆかいはん》。真の意味でのトラブルメーカー。まったく……これじゃ悪魔っていうより小悪魔だな。背中にパタパタと黒い羽が見えてきそうだよ。

「それに、これはあなたの女性恐怖症を治す一環でもあるのよ」

涼月《すずつき》はそれこそ小悪魔のように微笑《ほほえ》んだ。

「頑張ってね、私の恋人役。気をつけないと、出血多量で死んじゃうわよ？」

「……お、おう」

上目遣いで顔を覗《のぞ》きこまれて、俺《おれ》はついついそっぽを向いてしまった。

だって、こんなの卑怯《ひきよう》だ。

教室にいるときも十分美人だけど、今の涼月には到底敵《かな》わない。そう思ってしまうくらい、今の笑顔は……その、可愛《かわい》かったのだ。

「けど、それまでにやることがあるわね」

はあっと深々と息を吐く音が聞こえた。

……ため息？　あの涼月がため息をついたのか？

「どうやってスバルを説得しようかしら。ちょっとだけ憂鬱《ゆううつ》ね。あの娘《こ》、私が遊びに出掛けるのをとっても嫌がると思うから」

「………？」

俺には彼女の言葉の意味がわからなかった。

そう、このときの俺は、まだ気づくことができなかったんだ。

彼女の——涼月奏《かなで》の憂鬱の理由に……。

# 第4話　パラダイスサマー

日曜日。

天気は狙《ねら》ったかのようにぎんぎんの快晴だった。

まあ、雷が鳴ろうが雹《ひょう》が降ろうが今日俺たちの行く施設にはあまり関係ないんだけど。

全天候型レジャー施設。

その魅力はなんといっても充実した屋内設備だ。いくつものプールとアトラクションを完備した温室ドーム。

人工的に作られた常夏の楽園《パラダイス》。

春だろうが冬だろうがエンドレスサマー。

まさに、都会にできたオアシスなのだ！

「……兄さん。ニヤニヤしすぎ」

目的地の最寄り駅の改札を抜けた瞬間、紅羽《くれは》は呆《あき》れた声で言った。

「楽しみなのはわかるけど、そんな顔してるとロシア軍のパラシュート部隊にスカウトされちゃうよ？」

「されねえよ。それにこんなところにロシア軍のスカウトもいない」

言いながらも、確認するように自分の顔を触る。妹の指摘通り、心なしか口元がにやけている気がした。

まあ、仕方がないさ。

だってデートだぜ？

ニセモノとはいえ、休日に彼女とデート。女性恐怖症を治す為《ため》とはいえ、女の子とデート。しかも涼月《すずつき》は外見だけなら超絶美人である。

男子高校生ならテンションが上がって当然。恐怖症のせいでこんなことは一生無理だって思ってた俺《おれ》ならなおさらだ。今の俺のテンションはマウント富士より高い。申請したらギネスにも載っかるだろう。あはははははっ！

「もう、わかってるのかな。今日のデートの目的はあたしと近衛《このえ》先輩が仲良くなることなんだから、ちゃんと協力してよね」

「ああ、わかってるわかってる」

「ホントかなぁ」

紅羽《くれは》は不満気《げ》にぷぅっと頬《ほお》を膨らませた。

「そういや昨日《きのう》、涼月と電話で喋《しゃべ》ってたみたいだけど、なに話してたんだ？」

「はにゃ？　そんなの作戦会議に決まってるじゃん」

「………」

おい、なんて不吉なこと言ってんだコイツ。

高潮していたはずのテンションが急転直下に暴落してしまった。ていうかあの屋上での出来事以来、コイツらめちゃくちゃ仲良《い》いんだよなあ。友好を深めるなんてレベルじゃなくて、それこそ見てて気味が悪くなるくらいに。

「実はもう色々と準備してるんだ」

「ふうん」

「ちなみに兄さんのバッグにも仕掛けがあるから、不用意に開けちゃダメだよ」

にゃははっと笑う妹。

俺はマッハで肩にかけていたバッグを開けた。

迂闊《うかつ》だった。

もしかしたらプラスチック爆弾とか仕掛けられたのかもしれん。

「ああっ！　ダメだよ兄さん！　近衛先輩のいるところで開けなくちゃ意味がないのに！」

騒ぐ紅羽を無視してゴソゴソとバッグを探る。すると奥の方にどう見ても入れた憶《おぼ》えのない物体を発見。なんだこれ？　大きさは雑誌くらい。というか雑誌だ。よく確認しようとバッグから引っ張り出すと……。

エロ本だった。

しかも俺《おれ》の部屋に隠してあるはずの秘蔵コレクションの一冊だった。

「うぉおおおおおおっ⁉」

叫び声を上げながら、出てきたブツを間髪《かんぱつ》入れずに近くのゴミ箱へと叩《たた》き込んだ。

「うわっ、ひどいよ兄さん！　せっかく準備したんだよっ！」

「うるせえ！　おまえは人のバッグになんてもんを入れてんだ！」

勝手に部屋を漁《あさ》られていたらしい。プライバシーの侵害だ。妹に自分のエロ本発見されるとか恥ずかしくて死にたくなるぞ。

「ええ〜。じゃあ何なら良かったの？　メイドさんのやつ？」

「やめろ！　こんな往来《おうらい》で兄の趣味を暴露するな！」

「せっかく近衛《このえ》先輩にあの本を見せて『ほら、うちの兄さんは変態なんです！　見てくださいこの本！　ネコミミですよネコミミ！』って叫ぶつもりだったのに」

「おまえは俺の人生を終わらせる気か⁉」

「うう……これで近衛先輩に兄さんは女の人が好きだってわかってもらえると思ったのに……。一生懸命お姉さまと考えたのに……」

がっくりとうなだれる紅羽《くれは》。

……甘かった。考えてみりゃあの涼月《すずつき》と紅羽がタッグを組んでるんだ。化学変化でニトロが発生してもおかしくない組み合わせじゃないか。

「でもこれで終わったと思わないでよね。まだまだ仕掛けはいっぱいあるんだから」

紅羽はメラメラと邪悪な闘志を燃やしていた。

……怖っ。

コイツの行動力と涼月の頭脳が合わさっていると思うと軽く発狂しそうになる。

これは本気で対策を練る必要があるな。強烈なボケをかます二人がコンビを結成しやがったんだ。このまま一人でツッコミに回っても到底太刀打ちできない。竹やりでステルス爆撃機に挑むようなもんである。

ならば、こちらもタッグを組もう。

せめて二対二にして人数上の不利を補わねば。

駅から歩くこと数分。待ち合わせ場所に指定したレジャーランドの入り口に見なれた二人組の背中を発見。

近衛と涼月だ。

どうやら何か話しこんでいるらしく、二人ともこっちに気づいていない。

よし、ミッションスタート。

とりあえず親しげにあいさつしよう。誰《だれ》に？　もちろん近衛。結託《けったく》できるとまでは思わないが、あいつにまでボケに回られたら三対一。それこそ涼月の喜びそうなシチュエーシヨン……別名俺《おれ》にとっての地獄《じごく》の完成である。

それだけは、何としても阻止しなくては……！

「よお、近衛《このえ》」

精一杯の愛想笑いを作って、背後から近衛の肩をポンと叩《たた》く。これで「やあ、ジロー。今日はいい天気だな」みたいなあいさつが返ってくれば上々だなと俺は思った。

思った瞬間だった。

「むごっ!?」

いきなり、口の中に何か突っ込まれる。

黒くて硬い金属質の物体。さらけ出されるオートマチック。

――拳銃。

それは、どう見ても銃刀法違反な代物《しろもの》だった。

「………」

えーっと、なにこれ？　モデルガン？　近衛なりのジョークかな。でも、それにしてはやけにマジな顔してるような……。

「動くな。動いたら容赦なく撃つぞ」

近衛は真剣な顔で引き金に指をかけた。そのまま目を細めて確かめるように俺の顔を睨《にら》みつけた後《あと》、ふうっと息を吐き出す。

「ジロー。迂闊《うかつ》にボクの背後に立つな。危うく穴だらけにするところだったぞ」

何事もなかったように拳銃が抜かれる。俺はショックで動けなかった。間抜けにもあんぐりと口を開いたままである。

「あ、あの、近衛さん……」

「ん？　なんだ」

「そ、それって……」

「ああ、ジローも小さいと思うか。ボクもこんな小ぶりな銃じゃ不安だったんだ。やっぱりもう少し大きくて貫通力のある方が――」

「違《ち》げええっ！　その物騒《ぶっそう》なもんをどっから手に入れてきやがったって訊《き》いてんだよ！」

やっと立ち直った俺は、全力でツッコミを入れていた。

「安心しろ。これは護身用のガスガンだ。本物じゃない」

近衛は西部劇のようにくるくると拳銃を回してから自分のバッグにしまう。ああ、そうだよな。さすがに拳銃なんて法外な代物を持ってるはずが……。

「ただし、ばっちり改造が施してあるから、急所に数発当てれば十分に人を殺傷《さっしょう》できる」

「思いっきり銃刀法違反じゃん！　なんでそんなもん持ってきてんの!?」

「何を言っている。外出するときの必需品と言えば、ケータイ、ハンカチ、拳銃。それが執事の一般常識だ」

おい、なんだよその沈黙は。

まるでホントにここで誘拐されたことがあるみたいな……。

「そう。子供の頃《ころ》、私とスバルはここで誘拐されたことがあるの」

「……え？」

また得意の嘘《うそ》かと思ったが、どうやら違うっぽい。その証拠に涼月《すずつき》の表情は今までになくらいに真剣だった。

「もう何年くらい前になるかしら。ここで遊んでたら、うっかりさらわれちゃったのよ」

「うっかりって、なんでそんな……」

「さあ？　目的は身代金《みのしろきん》だったそうよ。まあ、事件自体はすぐに解決したんだけどね。犯人たちは全員捕まって、私たち二人も無事に解放された。でも、どんなに期間が短くても誘拐されてたのは事実よ。今私の外出が制限されてるのもそのせいなの」

「じゃあ、近衛《このえ》があんなにピリピリしてたのは……」

「きっと昔のことを思い出しちゃったんでしょうね。それに、あの事件がきっかけでスバルは変わっちゃったから」

「変わっちゃった？」

なんだそりゃあ。事件はちゃんと解決したんじゃねえのかよ。

「たぶん、スバルは責任を感じちゃったのよ。私がさらわれたのは自分のせいだ。執事として主《あるじ》を護《まも》れなかった——ってね」

「そんな無茶苦茶《むちゃくちゃ》な……」

いや、でも自分が涼月の執事だってことにあれだけプライドを持ってる近衛のことだ。自分の目の前で涼月がさらわれたなんてのは相当ショックだったのかもしれない。

「あの事件以来、私とスバルの関係はぎくしゃくしたまま。あなただって学園での私とスバルの様子は見たでしょ。家でもずっとあんな調子なの。もしかしたらスバルにはまだ負い目があるのかもしれないわ。だから私とあんまり会話をしたくないんだと思うの」

「……………」

「けど、私はもうそろそろ仲良くして欲しいのよ。また昔みたいにね」

そう言えば、昔は涼月のことを「カナちゃん」って呼んでたんだよな。普段のコイツらの様子からは想像も付かないけど、事件が起きる前は今よりずっと仲が良かったんだろう。

それこそ、友だちみたいに。

「もしかして、今日ここに来たのって近衛を昔に戻すためか？」

「ふふ、どうかしらね。でも——」

そんなに簡単なことじゃないわ、と涼月は噛《か》みしめるように呟《つぶや》いた。

「ジローくん。あなたに女性恐怖症って弱点があるのと同じように、スバルにも弱点があるのよ。私の執事をやっていく上で、致命的な弱点がね」

「致命的……」

そういや前に料理が致命的にできないとか言ってたけど……それは関係ないよな。いくら料理が下手《へた》だからって、涼月《すずつき》を護《まも》るのには関係ねえし……。

「それさえ克服できれば、スバルにも余裕ができるかもしれないわね。そうしたら、また戻れるかもしれないわ。昔みたいに、仲の良かったあの頃《ころ》に……」

「……涼月」

「はい、そろそろ話は終わり。私たちも泳ぎに行きましょう。時間は有限よ」

プールの方に歩きだした彼女は、いつもの涼月に戻っていた。

「ほら、ぼんやりしないで。今のあなたは私の恋人でしょう」

と。

ごく自然に俺《おれ》の腕に涼月の腕が回され……って、ぎゃあああ！　胸が！　俺の二の腕付近に確かな弾力を持った柔らかな凶器の感触が！

「大丈夫？　急に顔が真《ま》っ青《さお》になったけど」

ぎゅっと俺の腕を抱きしめながら涼月は訊《き》いてきた。

……怖《こえ》ぇ。

この女、うろたえる俺を見て心底《しんそこ》楽しんでやがる。

「そんなに怖い顔しないで。言っておくけどこんなのまだまだ序の口よ。多少荒療治じゃないと、あなたの恐怖症は改善されそうにないから」

微笑《ほほえ》みながら俺の身体《からだ》を引っ張っていく涼月。

医務室の場所を確認しておくべきだった。

全力でそう後悔しながら、俺はニセモノの恋人に足取りを合わせた。

♀×♂

午前中は指がふやけるくらいに泳ぎまくったので、午後からはアトラクションで遊ぶことになった。

まあ、俺もそっちの方がいい。なにせ鼻血を出した回数は午前中だけで二ケタに届く。恐るべし涼月。吸血鬼かこの女は。そこまで俺の血が見たいのか。

ここはドーム内のくせに様々なアトラクションが揃《そろ》っていて、涼月曰《いわ》く、一番の話題はお化け屋敷だそうな。水着のままでも入れるらしく、昼食を食べた後《あと》に四人で行こうということになったんだが……。

「……なんだこれ」

俺はただただ驚愕《きょうがく》していた。

『沈黙ヒツジとゆかいな仲間たち』

目の前にあるお化け屋敷の看板には、血のように赤い文字で確かにそう記されていたのだった。

「あら、知ってるの？」

「いや、知ってるも何も……」

沈黙ヒツジ。

ここにきてまさかの再登場とは。できれば二度とお目にかかりたくなかったのに。あのゲーセンでの出来事も、実はコイツの呪《のろ》いじゃないかって思ってるくらいだ。

アトラクションである廃病院っぽいでかい建物の外観には、例のかわいくデフォルメされた羊が所々にあしらわれている。やっぱり何匹かは口が赤い。というかなんだこのキャッチコピー。『今流行《はや》りのコワカワイイ！　キミのハートも心筋梗塞《しんきんこうそく》！』って、縁起でもねえ。訴訟《そしょう》とか起こされても不思議じゃないぞ。

「なあ……やっぱりやめない？」

「どうして？　もしかして怖いのは苦手？」

「そういうわけじゃないけど……」

どうも好きになれないんだよなあ、このキャラクター。シュールっていうか不気味《ぶきみ》だし。そもそもタイトルからして怪しい。コイツにゆかいな仲間がいるとは到底思えない。

「うう、あたしもちょっと苦手かもです」

紅羽《くれは》は青ざめた顔で涼月《すずつき》にくっついていた。そういや昔からオカルト系が苦手だったな。実体のない相手なんて勝てる気がしないとか。まあコイツらしいっちゃらしいんだけど。

「でも……近衛《このえ》先輩が入るんなら……」

「…………」

嫌な予感を感じながらも、隣に目をやる。すると、案《あん》の定《じょう》近衛は不気味な羊たちに熱い視線を注いでいた。うわー、すっかりコイツらのファンになっちまったのね。

仕方なく、俺《おれ》たちは近衛を先頭に順番待ちの列に並んだ。

順番待ちをしている間退屈させないためなのか、並んでいる列からは出口の様子が見られるようになっていた。出てくる客のリアクションを見て楽しもうって趣向だそうな。

でも「ひいい呪われるぅう！」とか「助けて、あれが頭の中から消えないの……！」とか「来るぞ！　ヤツらが来るぞ！　ひゃははははおまえら全員もうダメだあああっ！」とか、出てくる客たちが口々に常軌《じょうき》を逸《いっ》したことを叫んでるのはどうかと思う。

中には失神して白目を剥《む》いたまま担架《たんか》で運びだされてくる女の子までいた。心臓の悪い方はご遠慮くださいって注意書きがマジ怖い。

「あわ、あわわわ……」と紅羽も涼月に抱きつきながらガタガタ震えている。無理もない。列に並んだ時点で体調を崩してリタイアする客までいるくらいだ。

「紅羽ちゃん、やっぱりやめた方がいいんじゃない？」

もはや顔が蒼白《そうはく》を通り越して土色になってしまった紅羽《くれは》に涼月《すずつき》がささやいた。うん、俺《おれ》もそう思う。このまま入ったら二度と戻って来れない気さえする。

「私がついてってあげるから、列から出ましょう。というわけでジローくん。スバルと一緒に楽しんできて」

「よし、わかった……って、おい！　俺も入んなきゃダメなのかよ！」

「なによ。男の子なんだから我慢できるでしょう。それともジローくんはこの程度のことが怖いチキンくんなのかしら？」

「ぐっ！　て、てめえ……！」

「違うんだったら行ってきて。私たちはさっきお昼を食べた売店で待ってるから」

言うが早いか、涼月は紅羽の手を引いてあっさり列から抜けやがった。

うう、こうなったら覚悟を決めよう。入ったら三日ぐらい悪夢にうなされそうだが、チキン呼ばわりされて引き下がるわけにはいかない。俺にだってプライドぐらいある。

しかし。

あと少しで俺たちの番というところで、突然係員がこのアトラクションは中止になりましたと拡声器で言い始めた。

なんでも若いカップルが中に入ったまま行方《ゆくえ》不明になって出て来なくなってしまい、現在係員総出《そうで》で捜しているんだとか。B級ホラー映画みたいな展開だ。まさか喰《く》われちまったんじゃないだろうな。

「うー……あと少しで入れたのに……」

近衛《このえ》はひどく悔しがっているが、正直俺はホッとした。周りの客たちも同じだったみたいで、みんな抗議もせずに足早に列から離れていく。

俺たちも列から出て涼月たちと合流することにした。

「そういや午前中はどうだった？　ずっと紅羽と一緒にいたんだろ？」

昼食を食べた売店に向かいながら、隣にいる近衛に話しかける。だって気になるだろ。紅羽と近衛の関係が急激に進展したとは思えないが、万が一ってこともあるし。

「ああ、楽しかったよ。女の子と遊ぶのは久しぶりだったからな」

近衛は嬉《うれ》しそうな顔をしている。

「あの娘《こ》……紅羽ちゃんは明るくていい娘だ。きっとジローとも仲がいいんだろう？」

「まあな。毎朝サンドバッグにされることを除けば、そこそこ仲はいいよ」

「……羨《うらや》ましい。ボクは、家族とそこまで仲が良くないからな」

ふと、その顔に影が落ちた。

ひょっとして、家族とケンカでもしてるのかな。

「実は、昨日《きのう》もお父さんとケンカしてしまった」

「そうなのか？　でもきっと、おまえの親父《おやじ》さんだってただケンカしたかったわけじゃないだろ。なんか理由があるんじゃねえか？」

　理由もなく息子をシバく親もいるけどさ。あと妹も。

「でも、正直どうしてあそこまで怒ってたのかわからないんだ。八つ裂きにしてやるって叫んでたし……」

「それは……確かに怖いな」

　というか、さすがにやばくないか。八つ裂きにしてやる。我が家では「いただきます」と同じくらい使用頻度《ひんど》の高い言葉だったが、一般家庭じゃ滅多《めった》に使われない言葉だろう。

「わからない。どうしてお父さんは、ジローのことをそんな風《ふう》にしたいんだろう」

「……え？」

「そのクソ眼鏡《めがね》をオレの前に引きずり出せ！　八つ裂きにして吊《つ》るしてやる！　って大声で叫んでたから、ジローの身の安全のためにも早く仲直りしたいんだ」

「ちょ、ちょっと待て！　どうしておまえの父親がそこまで俺《おれ》にブチキレてんだ⁉」

　わけわかんねえ。俺が一体何をした。

「ボクにもわからない。ボクはただ、ジローと初めて会った日のことを話しただけなのに」

「初めて会った日のこと？」

「うん。初めて会った日、ジローが人気のない理科室でボクを押し倒して胸を触って鼻血を出したって」

「そんなの誤解されるに決まってんだろうがっ！」

そりゃあ怒り狂うのも無理ないよ。ああ、これからは何があっても近衛《このえ》の父親には会わないようにしよう。娘を犯そうとした犯罪者として警察に突き出されるか、車で撥《は》ねられて病院送りにされるかもしれん。

と、そんなことを話していたら波の出るプールの前に差し掛かった。

このプールは海を再現していて、足元が砂浜になっているという凝った作りだ。ここを過ぎれば、涼月《すずつき》たちに追いつけるはずである。

「なあ、ジロー。あれって……人じゃないか？」

不意に近衛がプールの方を指差した。

つられて見ると、波の出るプールの奥の方で小さな人影のようなものが浮かんだり沈んだりして……って、おい。

あれって、どう見ても溺《おぼ》れてないか。

「た、大変だ！　早く係員を呼ばないと！」

そう言って近衛が周囲を見回すが係員の姿はない。これだけ広い施設だ。運悪く監視の死角ができてしまったのかもしれん。しかも悪いことに、溺れているのは小さな子供みたいだった。

「近衛！　おまえは係員を探して連れて来てくれ！」

言いながら眼鏡《めがね》を外して水着のチャック付きポケットに放《ほう》り込む。距離は三十メートルくらい。これならいけるかもしれない。

「待てジロー！　助けに行くんならボクが――」

その言葉が終わる前に、俺《おれ》はプールに飛び込んでいた。

クロールで水をかきわけながら全速力で進む。

こう見えても泳ぎには自信がある。子供の頃《ころ》に紅羽《くれは》とケンカしたとき、高さ五メートルの橋から真冬の川に突き落とされたが無事生還したくらいだ。時々来る波がうざいが、この程度なら支障はない。

「おい、大丈夫か！」

溺《おぼ》れている子供の身体《からだ》を抱きかかえながら叫んだ。近くにビート板が浮いている。ビート板を使ってここまで来たはいいが、何かの拍子に手放してしまったのか。幸い俺の身長なら足がつく。これなら抱きかかえたままでプールサイドに……。

「……って、あれ？」

陸に戻ろうとした瞬間――、異変に気付いた。

俺の周りの水が真っ赤に染まっていたのだ。

「なっ……」

二秒くらい呆気《あっけ》にとられたが、すぐに原因はわかった。

鼻血。

そう、俺の鼻から噴き出した鮮血がプールの水を赤く染めていた。

「……………」

絶句しながらも、恐る恐る自分が抱えている子供をよく見る。

すると……最悪なことに、俺が抱きかかえていたのは小学校低学年くらいのスクール水着を着た女の子だった。

「た、たすけて！」

パニックを起こしているのか、女の子が俺の首にぎゅっと抱きついた。柔らかい感触。紛れもなくその感触は女の子の肌の柔らかさで……。

「ぐはあっ！」

思わずふっ飛びそうになった意識をギリギリで繋《つな》ぎとめた。

くそっ……なんてこった！

小学生！　スクール水着を来た小学生！　畜生《ちくしょう》っ！　こんな幼い女の子にすら反応してしまうなんて……俺はどこまでチキン野郎なんだ……っ！

「――く、ううっ！」

朦朧《もうろう》とする視界の中、必死にプールサイドへと引き返す。

やばい。

本気で血が止まらない。プールがサメの出てくる映画みたいになってしまった。

ああ、やっぱり昨日《きのう》の夜にレバーとホウレン草を馬鹿《ばか》食いしたのがマズかったのかな。

今日に備えて対策を打ったつもりだったのに、かえって逆効果だったのかもしれん。

だんだん、足にまで力が入らなくなってきた。

身体《からだ》が徐々に水に沈んでいき、目の前がボーっとして……。


「ジローっ!」


どこからか、俺《おれ》の名前を呼ぶ声が聞こえた気がした。

霞《かす》む視界に映るシルエット。

それが誰《だれ》だかわかったとき——俺は、意識を失っていた。

♀×♂

「なあ、近次郎《きんじろう》。おまえは自分の名前をどう思う?」

薬品臭い病室。

そのベッドの上で、まだ幼かった俺に親父《おやじ》はそう言った。

親父の顔は瘦せ細《やほそ》っている。

生まれつき身体が……特に心臓が悪かったらしく、なんとか誤魔化《ごまか》し誤魔化し生きてきたのだが、俺が生まれてから五年後――ついに医者に手術しなくちゃくたばると宣告された。

手術の成功率は五〇％。

死ぬか生きるか半々である。

そう、この日はその運命の手術がある日だった。

これが親子の最後の会話になるかもしれないっていうのに、親父はのん気にそんなことを訊《き》いてきたのだ。

「かっこわるい」

「バカ野郎。せっかくオレがつけてやった名前をかっこわるいとか言うんじゃねぇよ」

ゴツンと頭を殴られた。全然痛くない。当たり前だ。こんな枝みたいに細い腕に殴られて痛いはずがない。でも、俺は頭を押さえて「痛《い》ってえ」と呻《うめ》いた。なぜか、そう言わなくちゃいけない気がした。

親父はニヤリと笑う。

どこか、誇らしげに。

「いいか、おまえの名前には大事な意味があるんだ。ただの古くせえ名前じゃねえんだぞ」

「……やっぱり古くさいんじゃん」

「まあまあ、黙って聞け。おまえ、スタンド・バイ・ミーって知ってるか？」

幼い俺《おれ》が少し考えてから「ガソリンスタンドの親戚《しんせき》？」と答えると、親父《おやじ》は呼吸困難になるくらい爆笑しやがった。今にも死にそうな勢いだ。

「違《ちげ》えよ。いいか、スタンド・バイ・ミーってのは『私の側《そば》にいて欲しい』って意味だ」

「蕎麦《そば》？」

「そっちのそばじゃねえ。要は私の近くにいてって意味だ。どうだ？　ロマンチックだろ」

「……わかんないよ」

「ハハ。まあ、そりゃそうだな。五歳児にはちょっとハードル高かったか」

当たり前だ。

自分の名前すら満足に書けない子供に訊《き》く方が無茶《むちゃ》だ。

きっと親父もそんなことはわかっていたんだろう。

でも——それでも親父は、真剣に話の続きをしてくれた。

「いいか、近次郎《きんじろう》。おまえの名前に入ってる『近』って漢字はそういう意味なんだぜ。要は、おまえには誰《だれ》かにスタンド・バイ・ミーって言える男になって欲しいわけよ」

「誰か？」

「そう、誰かさ。きっとその誰かはおまえの大切な人たちだ。母さんや紅羽《くれは》、それにおまえが大事だって思える人。そいつらにスタンド・バイ・ミーって言ってやれる男になれ。おまえの名前にはそういう意味が込められてるんだぜ。かっこいいだろ？」

「……まあ、そこそこね」

「ハハハ！　さてはおまえ全然わかってねえな」

何がおかしいのか、親父はげらげらと笑っていた。

「強くなれよ、近次郎。おまえはオレと母さんの子だからきっと強くなれる。強くなっておまえの大事な人たちを側で護《まも》ってやれ。約束だぜ。スタンド・バイ・ミー。それがオレとおまえの——坂町《さかまち》次郎《じろう》と坂町近次郎の約束だ」

「……うん、わかった」

実際は全《まった》くわからなかったが、とりあえず俺は頷《うなず》いておいた。

まあ当時の俺の夢はウルトラマンになることだったから、ただ強くなりたかっただけかもしれないし、もしかしたら子供なりに親父の言葉の意味を必死にわかろうとしていたのかもしれない。

ああ——でもさ、親父。

困ったことに、俺には未《いま》だによくわかんないんだ。

スタンド・バイ・ミー。

あんたが最期に遺《のこ》した、その言葉の意味。

なんでそんなことを言えなくちゃなんねえんだよ――。

♀×♂

不意に、目が覚めた。

なんかやけに古い夢を見ていた気がする。

眩《まぶ》しい光に目を細めると、視界にはガラス越しの空。

どうやら俺《おれ》の身体《からだ》はプールサイドにあるベンチで横になっているらしい。

「よかった。目が覚めたのか」

上からアルトボイスが響いた。

近衛《このえ》だ。

ああ、そっか。俺は溺《おぼ》れた子供を助けようとしてプールに飛び込んで……うわ、思い出したくねえ。情けないことに女の子を抱えたまま失神したのか。腕時計を確認すると、十分くらい倒れてたみたいだ。

「大丈夫か、ジロー」

「ああ、ちょっと死んだ親父《おやじ》と再会してきた」

眼鏡《めがね》をかけながらそう答えると、近衛は眉間《みけん》に小さくしわを寄せた。

「頼むからそういう冗談はやめてくれ。こっちはおまえまで溺れたからすごく心配したんだぞ。それに……」

「それに？」

「……い、いや、なんでもない。忘れてくれ」

なぜか口唇《くちびる》を指で押さえながら、顔を真っ赤《まっか》にして黙ってしまった。まさか俺が寝てる間に何かしたのか。顔に落書きとかされてないよな。

ペタペタと顔を触っていると、さっきの子供の親らしき二人が頭を下げに来た。

うわ、なんか恥ずかしい。

大人《おとな》に本気でお礼を言われるとか初めてだ。それに最終的に助けたのは近衛。どっちかっていうと俺も救助された側である。

「ああ、情けねえ。はりきって助けに行ったのに、結局何もできなかったのか」

両親に手を引かれて仲良く歩いていく女の子を見ながら呟《つぶや》いた。

「そんなことはない。おまえは十分浅瀬まで来ていた。ボクがいかなくてもあの子は助かっていたさ」

「そうかな」

「ああ。それによくあそこまで来れたな。あんなに強く女の子に抱きつかれたのに」

「……まあ、な」

だってあそこで倒れたら色々誤解されると思ったし。

男子高校生・溺《おぼ》れた小学生を助けようとしたが鼻血を出して溺死《できし》。そんな三面記事が脳内で躍《おど》る。いくら思春期だからってその死に方は恥ずかしすぎる。世界変死ランキングがあったら殿堂入り間違いなし。

「でも、立派だったぞ。幼い女の子に抱きつかれて鼻血を出しながらも、しっかりと人命救助した。ほら、すごい立派だ」

「………」

すごいね。全然立派に聞こえないや。特に幼い女の子に抱きつかれて鼻血を出したってのがマズい。そんなことを街中《まちなか》で暴露してみろ。大急ぎでパトカーか救急車が飛んでくる。

「幼い女の子の為《ため》に命を賭《か》けるなんて、ジローはすごく立派だ」

「なあ……頼むから誤解されるような言い方はやめてくれ。それじゃ俺《おれ》がロリコンみたいだろ」

「………え？　違うのか？」

「なにそのリアクション!?　なんで俺がロリコンじゃないことにびっくりしてんだ！」

むしろこっちがびっくりだよ。言っとくが断じてそういう趣味は装備してないぞ。

「あれ？　でもジローって、毎朝近所の小学生が登校するのを全裸で観察してるんだよな」

「だよなじゃねえよ！　人聞きの悪いこと言うのはやめろ！」

「むう、じゃあジローが毎晩『ハアハア、紅羽《くれは》たん。一緒にお風呂《ふろ》で背中流しっこしようよ』みたいな寝言を言ってるというのは？」

「なにその怖い寝言!?　どんだけラジカルな夢見てんだよ俺は！」

「『助けてください！　兄さんがあたしの靴下の匂《にお》いを嗅《か》ぐのをやめてくれないんですっ！』って涙ながらに相談されたんだけど……」

「……わかった。おまえはしばらく紅羽と会うな。あいつは俺がしっかりと躾《しつ》けとくから」

「躾《しつけ》って……やっぱり調教するのか」

「しねえよ」

「でも週三回は鎖《くさり》の付いた首輪をあの娘《こ》に無理矢理《むりやり》付けて……」

「付けてないから。そんなドメスティックなバイオレンスはしてないから」

「……ふふ、何を言っているんだ。ジローが付けてもらっているんだろう？」

「なんで俺が!?」

「だって、ジローだし」

「その言い方はやめろ！　あいつだな？　こうなったのは全部あいつのせいだな!?」

あの妹め……そんなに俺を変質者にしたいのか。それに涼月《すずつき》もからんでやがるな。あの女の考えそうな陰湿な手口だ。

「大丈夫だ。ボクだって本当は、ジローがそんな人間じゃないってことはわかってるさ」

「なら良いんだけど……」

「だから安心して胸を張ってくれ。シルバーキラー」

「いい加減そのネタを引っ張るのはやめようよ！」

はあはあと息を吸う。もはや過呼吸寸前。ツッコミで呼吸困難とかシャレにならん。

そんな俺《おれ》を見て、近衛《このえ》はくすくすと笑っていた。

「ふふ、楽しいな。こんなに楽しい会話をしたのは久しぶりだ」

「そうかよ……そりゃよかったな」

そんなこんなで。

話しながら歩いていたら、いつのまにか昼食を食べた売店のテーブルの前に着いてしまった。

しかし。

「……あれ？」

なぜか、涼月《すずつき》と紅羽《くれは》の姿が見当たらない。

おかしいな。ここで待ってるって言ってたのに。二人ともトイレにでもいってるんだろうか。

「――しまった」

隣で執事が呟《つぶや》いた。

「なんて失態だ。ボクとしたことが、こんなに長い時間お嬢様から離れてしまうなんて……」

みるみる顔が青ざめていく。そんなに心配することないのに。なにせうちの妹が一緒にいるんだ。戦闘能力だけなら軍用犬なみに頼りになるぜ。

きっとそこら辺で遊んでるだけだろうときょろきょろしていると――突然後ろから声をかけられた。

売店のおばちゃんだった。

「もしかして、あんたが坂町《さかまち》さん？」

「……？　はい、そうですけど……」

「よかった。あんたの友だちから預かってるものがあるのよ」

「え？」

困惑している俺に、おばちゃんは黒い携帯電話を手渡した。

見たことない機種だけど、涼月のかな。でもあいつケータイなんか持ち込んでたっけ？

「いや、お嬢様のケータイはこれとは違うぞ」

「そうなのか？　じゃあ、これは誰《だれ》の……」

と、言いかけた瞬間。

不意に、ケータイの無機質な着信音が鳴り響いた。

着信ありだ。しかもテレビ電話。液晶には非通知設定なんて文字が浮かんでやがる。

「出てみよう」と近衛《このえ》が通話ボタンを押す。

すると——液晶に映ったのは奇妙な映像だった。

犬……いや、オオカミか。

電波の向こうには、真っ黒なスーツになぜかオオカミのマスクを被《かぶ》った人影がいた。

それにしてもやけに凝ったマスクだ。映画で使われる小道具なみに精巧に作られてるし、なんか気味が悪いくらいに獰猛《どうもう》な表情をしている。これじゃまるでゴシックホラーに出てくる狼男《おおかみおとこ》みたいな——。

『アー、アー、ハローハロー？　聞コエマスカ？』

スピーカーから音声が流れ出す。ボイスチェンジャーを使っているらしく、男か女かもわからない加工された声だった。

「聞こえるぞ。おまえは誰《だれ》だ？」

近衛は問いただすように鋭く声を発した。

それに応《こた》えるように、画面に映ったオオカミは——嗤《わら》う。

『ヒャハハハッ！　ナァンダ、意外ト落チ着イテルンジャナイカ。大事ナ大事ナ御主人様ガイナクナッタッテノニサア。エエ？　近衛スバル』

ひどくねじれた声で、オオカミは嘲《あざけ》るように近衛の名を呼んだ。

……おい、待ってくれ。

なんでコイツ、涼月《すずつき》がいないことを知ってるんだ？

「……もう一度訊《き》く。おまえは、誰だ？」

なんとか冷静さを保ちながら、近衛は再度訊き返した。

『アア、イイゼ。答エマショウ、答エテ差シ上ゲマショウ。一度シカ言ワネエカラヨォーク聞イトケヨ、執事クン。オレハ、コノオレ様ハ――』


誘拐犯サ。


再び。

画面の向こうのオオカミは耳障《みみざわ》りな哄笑《こうしょう》をあげた。

俺《おれ》には、それが何かの始まりに思えて仕方がなかった。

# 第5話　オオカミとヒツジ

「誘拐犯だと……!?」

『アア、ソウサ、ジロークン。キミノ妹トクラスメイトハ、オレガサラッチャッタヨ』

画面が切り替わる。

どこかの薄暗い屋内。

そこに映っていたのは床に横たわっている涼月《すずつき》と――。

「紅羽《くれは》！」

二人とも、死んだように動かない。

意識がないのか、それとも……。

『大丈夫。スヤスヤ眠ッテルダケダヨ。言ッタロ、オレハ誘拐犯ダ。殺人犯ジャナイ』

再び画面がオオカミに戻った。

『マ、コレカラモソウトハ限ラナイケドネ』

「……てめえっ！」

「落ち着けジロー。挑発に乗るな」

「……っ！」

無茶《むちゃ》言うな。妹が誘拐されてんのに落ち着いてられるか。

「答えろ、誘拐犯。おまえの目的はなんだ？」

『ヒュウ♪　サスガ執事クン。冷静ダネェ。ソレトモ意外ニ冷タイノカナ？　御主人様ノコトハドウデモイイノ？』

「黙れ。二人に指一本でも触れてみろ。一本残らずおまえの指を切り落とす」

近衛《このえ》は強く拳《こぶし》を握り締めた。落ち着けないのは俺《おれ》だけじゃなさそうだ。今のが気の効いたジョークだとは到底思えない。

『ウワー、怖イナー。ソンナコトサレタラ二度トジャンケンガデキナクナッチャウジャン。ア、ナンナラジャンケンデ決メヨウカ？　ソッチガ勝ッタラ二人ヲ解放。オレガ勝ッタラ二人ヲ殺――』

「黙れと言ったんだ。こんなふざけた会話をするためにお嬢様たちを誘拐したわけじゃないだろう。目的……いや、おまえの要求を言え」

『ヒャハハハッ！　要求！　要求カ！　イイノ？　ジャア言ッチャウヨ？　ハーイ、オレ様ノ要求ハオンリーワン。コレカラ一緒ニ仲良ク楽シク遊ビマショ？』

……イカれてやがる。

俺はそう確信した。

この野郎、絶対まともじゃない。

『今カラ十分以内ニソコノ近クニアル建設中ノアトラクションニ来テネ。ソコガゲームノ会場サ。モチロン、警察ニ通報シタリシタラ、ソノ時点デゲームオーバーダカラ気ヲ付ケテ。アト、バッグノ中ノ危ナッカシイ道具ヲ取リニ行クノモ死亡フラグダゼ』

「………！　なっ……どうして……」

俺《おれ》は息を飲んだ。コイツ、どうして近衛《このえ》のバッグの中身まで知ってるんだ。

『ドウシテダッテ？　ソンナノ簡単ダヨジロークン。オレハ君ラヲズット尾行シテタノサ。ココニ入ル前カラズットネ』

イワユル計画的犯行ッテヤツダヨと言って、オオカミは笑った。

『長カッタヨ。ズーットコノトキヲ待ッテタンダ。ソコノ執事クンニ復讐《ふくしゅう》スルチャンスヲネ。今度ハミスラナイヨウニシナクチャネェ』

——今度はミスらない。

まさか……コイツはさっき涼月《すずつき》が言ってた誘拐犯の一人なのか。全員捕まったって言ってたけど、逃げたヤツがいたってのか。

「わかった。それで、そこに行くのはボク一人でいいのか？」

「——っ!?　お、おい近衛！」

思わず叫んでしまった。

「バカ言うな！　こんなの明らかに罠《わな》じゃねえか！　それに紅羽《くれは》が捕まってるんだ！　俺

も一緒に――」

「ジロー。こうなったのはボクの責任だ。紅羽ちゃんは必ず助け出す。だから、ボク一人で行かせてくれ。それに……」

ジローに、こんな危険なことはさせられない。

近衛は、はっきりと言い切りやがった。

……ふざけんな。

黙って待ってろって言うのかよ。

何もせずに、神様にでも祈ってろっていうのか。

自分の妹が――大事な人間が危険だっていうのに……！

「ヒャハハハッ！　イイネエ青春ダネエ友情ダネエ。別ニオレハドッチガ来テモカマワナイヨ。執事クンデモジロークンデモ、ゲームノ内容ハ変ワラナイカラサ。タダシ――」

果タシテ、キミハココニ辿《たど》リ着ケルノカナ？　近衛スバル。

言って、オオカミは懐《ふところ》から銀色に光る物体を取り出した。

ナイフ。

それは刃渡りが二十センチもありそうな、やけに禍々《まがまが》しいデザインのナイフだった。

瞬間——近衛《このえ》の顔が驚愕《きょうがく》に染まる。

「お、おまえ……！」

『ウン？　ナンダイ、別ニ不思議ジャナイダロウ。キミラノコトハヨォーク調ベタンダ。対策ヲ立テラレルクライニハネ』

「……っ！」

『サア、ソロソロ宣戦布告ハ終了。ソレデハ御機嫌ヨウ。バイバイ、執事クン』

挑発するみたいな口調とともに電話が切れた。

それでも近衛はケータイを強く握りしめていた。

なぜか、その指は小さく震えている。

「近衛……？」

不安になって名前を呼んだ。

けれど返事はない。

いや、それどころか——。

「お、おい!?」

糸の切れた人形のように、近衛はふらついて倒れてしまった。

その体が地面に激突する前に、なんとか両腕で支える。

「あ、ジロー……」

青ざめた口唇《くちびる》が弱々しく動いた。
「し……心配するな。ちょっと……フラッとしただけだ……」
掠《かす》れた声を精一杯絞り出して何とか立ち上がろうとする。
けど、どう見ても普通じゃない。
近衛はまた倒れそうなくらいに力を失っていた。
今にも失神しそうな顔色だ。
……なんだよこれ。
これじゃまるで、俺と同じじゃないか。
女性恐怖症。
鼻血こそ出ていないが、今の近衛は恐怖症の発作が出た俺《おれ》と同じような症状だ。
そう、あのオオカミが出したナイフを見てから――。
「…………っ！」
ドクンと心臓が揺れた。
そうだ……涼月《すずつき》が言っていた。
弱点。
近衛には俺の女性恐怖症に似た弱点があると。
執事をやっていく上で致命的な弱点があると。

今の近衛《このえ》の症状。

俺《おれ》の女性恐怖症に似た症状。

これって、まさか……。

「近衛、もしかしておまえ……刃物が——怖いのか？」

辿《たど》り着いた答えを口にする。

思えば……前からおかしなところはあった。

『料理が致命的にできない』

以前、確かに近衛はそう言っていた。

苦手とかじゃなくて、できない。

どうしてだ。

どうしてそんな言い方をする必要がある？

もしかしたら、料理ができないというより、使えないんじゃないか。

包丁——つまりは刃物が。

それにさっき更衣室《こういしつ》で感じた違和感。

今ならその正体がわかる。

近衛のバッグの中身。あれだけ様々な護身用の道具が揃《そろ》っていたのに、入っていないものがあった。

そう、刃物。

改造ガスガンやらスタンガンまで入っていたのに、刃物の類《たぐい》は一切なかった。

小さなナイフの一本すらも……だ。

そこから出る結論。

つまり、近衛スバルは——。

「……ジローの言う通りだよ。ボクは、刃物恐怖症なんだ」

自分の罪でも告白するみたいな重い口調だった。

やっぱり、刃物恐怖症。

それが涼月《すずつき》の言ってた近衛の弱点。

なら、原因は……。

「前にここで誘拐されたときに、何かあったんだな。それが、おまえが刃物恐怖症になったきっかけか」

推測だが、さらわれたときにナイフか何かで脅されたんじゃないだろうか。それがトラウマになってしまって、以来ずっと……。

「ああ、情けない話だ。あの事件以来、ボクは刃物が怖くなってしまった。刃物に触る……いや、見るだけでも身体《からだ》に力が入らなくなってしまうんだ……」

言いながらも、近衛の身体は震えていた。

精神的外傷。

それがもたらした恐怖症。

その感覚はよくわかる。

心の中でどう思っても、身体《からだ》が言うことを聞いてくれないのだ。

同じように恐怖症を持ってる俺《おれ》には、近衛《このえ》の気持ちが痛いくらいに共感できて――。

「…………」

――待てよ。

まさか、コイツがやけにあっさりと俺の恐怖症を治すのに協力してくれたのは、同じような恐怖症を抱えていたからなのか？

自分と同じような悩みを抱えていた俺を、ただ助けるために……。

「すまない、ジロー。もう大丈夫だ……」

俺の手を振り払って、近衛はふらつく足で立ち上がった。

……バカかコイツは。

これのどこが大丈夫なんだよ。

「ジロー……ボクは、執事として欠陥品だ」

「…………」

「ただでさえ男の子じゃないのに、その上刃物恐怖症……。こんなボクが……主《あるじ》も満足に護《まも》れないボクが、お嬢様の執事をやっているのはおかしいのかもしれない。でも、それでもボクは——お嬢様の執事でいたいんだ」

今にも倒れそうになりながらも何とか歩こうする近衛。

ヒツジ。

これじゃまるで羊だ。

飢えた狼《おおかみ》に襲われた小さな羊。

その獰猛《どうもう》な牙《きば》に震えながらも、必死に逆らおうとしている。

ただひたすら、自分の主を護る為《ため》に——。

「——近衛」

小さな背中に、俺はゆっくりと喋《しゃべ》りかけた。

「安心してくれジロー。絶対におまえの妹は助けだしてみせる。だから、ここで待ってて——」

と。

そこまで言って近衛は黙った。

正確には黙らされた。

腹部に打ち込まれた——俺の右拳《みぎこぶし》によって。

「ジ、ジロー……？」

強く拳《こぶし》を入れられ、近衛《このえ》の表情が苦悶《くもん》に染まる。

その透き通った瞳《ひとみ》は、疑問に満ち溢《あふ》れながらも俺《おれ》を見つめていた。

「ごめんな、近衛。執事券じゃねえけど、あとでなんでも言うこと聞くからさ。だから、今はちょっと眠っててくれよ」

もう一発――確実に意識を刈り取るために当て身を入れる。

随分昔に母さんに教わったやり方だったけど、上手《うま》くいってよかった。

静かに、近衛は意識を失ってくれた。

その身体《からだ》をプールサイドのベンチに寝かす。

……なんでだろうな。

どうしてこんなことしたのか、自分でもよくわかんねえや。

でも、一つだけ言えるとすれば、

「スタンド・バイ・ミー……か」

なぜか、親父《おやじ》の言葉が聞こえた気がした。

理由としてはそれだけ。思えば、理科室で近衛を助けたときや、さっきプールに飛び込んだときの感覚に似ている気がする。

――俺が護《まも》らなくちゃいけない。

何となく、そんな風《ふう》に思ってしまったのだ。

まあ……要はただの突発的犯行ってやつなんだけどさ。

「あーあ、ワケわかんねえよなあ、ホントに……」

ガラス越しの青空に呟《つぶや》いた。

――さて。

それでは――ちょっくら誘拐犯にでも会いに行きますか。

♀×♂

立ち入り禁止の看板を乗り越えて、指示された建物へと足を踏み入れる。

建設途中のアトラクション。

運営は夏からのようで、中は作りかけの設備や資材で溢れていた。非常灯に照らされた薄暗い通路を歩くと、すぐに高校の教室くらいの殺風景な部屋に出る。

闇《やみ》の残る室内。

部屋には窓がなく、小さな電灯だけが俺と――ソイツを照らしていた。

「サアー―我《ワ》ガアトラクションへヨウコソ。待ッテタヨ、ジロークン。モットモ、本当ニキミガ来チャウトハ思ワナカッタケドネ」

黒いスーツにオオカミのマスク。

そこにいたのは、間違いなくさっきの電話の相手——紅羽《くれは》と涼月《すずつき》を誘拐した犯人。

不安と焦燥《しょうそう》。

その二つが胸の中で混ざり合う。

ざっと見回してみるが、涼月と紅羽の姿はない。

「ゴ心配ナク。二人ハ後ロノドアノ奥サ。アア、ソレニシテモサッキノキミハ格好良カッタネェ。漫画ノ主人公ミタイデ」

笑うオオカミ。

どっかから見られてたか。まあ、想定内だ。それくらいはされてるって思ってたさ。

「ネェ、ナンデコンナコトヲシタンダイ？　二人デ来ルッテ選択肢モアッタノニ」

興味深そうに、機械仕掛けの声は訊《き》いてきた。

……知るかよ。

俺《おれ》が訊きたいくらいだ。

確かに、二人で来た方が良かった気がするし、俺が来るより近衛《このえ》が来た方が良かったとも思う。

でも——それだけは、嫌だった。近衛を危険な目に遭《あ》わせるのだけは……。

それに——。

「ムカついたからだろうな、あんたに」

胸の内でどす黒い感情が焦げついている感覚。

このイカれた野郎だけは許しちゃいけない。

紅羽と涼月を誘拐したコイツだけは、近衛に自分のことを欠陥品だなんて言わせたコイツだけは……。

絶対に、許せない。

「ソウカイ。マア、キミガ来タトコロデゲームノ内容ハ変ワラナイカラ安心シテクレ」

──オレニケンカデ勝テバイイ。

ソレダケサ、とオオカミは笑った。

「……殴り合えってのか」

なるほど。そりゃあわかりやすい。数学の問題とかよりは随分マシである。ぶっちゃけ頭脳系のゲームだったらどうしようかとびくびくしてたとこだ。

「キミガ勝ッタラ二人ヲ解放。キミガ負ケタラ二人ト一緒ニ捕マッテモラウヨ。ソレデ執事クンガ起キテ来ルノヲ、三人デ待ッテテモラオウジャナイカ」

「………」

この状況になっても近衛が来るのを待つつもりか。

やっぱり、目的は近衛。

今目の前にいる俺のことは眼中になしか。

けれど、本当にコイツの言う通りのルールなら、俺《おれ》にも勝ち目はある。

伊達《だて》にあんな家庭で育ったわけじゃない。紅羽《くれは》ほどじゃないにしろ、俺にだって格闘技の経験はある。まあ母さんに無理矢理《むりやり》やらされたんだけど。

それに、あんなことをしちまった以上、ここで負けるわけにはいかない。

負けられない責任がある。

勝って、紅羽と涼月《すずつき》を取り戻さなくちゃ――。

「アア――ソレカラ一ツダケ。一番大事ナコトヲ言ッテオクヨ」

オオカミはピッと指を立てて、本当に一言だけ、

「――死ナナイデネ」


それが――始まりの合図だった。

驚くことに、オオカミはたった一歩の踏み込みで、五メートルほどあった俺との距離をゼロにしやがった。

「！」

速い。

スピードが……そして何より、攻撃へのモーションが。

繰り出される黒い腕。

右ストレート。

避けられない。

そう判断したときには、固い拳《こぶし》が身体《からだ》に突き刺さっていた。

「ぐうっ！」

衝撃で後ろにふっ飛ばされる。

反射的に両腕でガードしたが、それでも視界がゆらいでしまう。

……やばいな。

ただ殴られただけなのに、この威力。

これじゃ紅羽のエルボー・ドロップなみじゃないか。

強い。

信じたくないが、コイツ、母さんなみに強い……！

「――調子こいてんじゃねえぞ、クソガキ」

低く掠《かす》れたハスキーな声。一瞬だけ、今までと違った声が聞こえた気がしたが、そんなことはすぐに考えられなくなった。

「ごはっ……!?」

射抜くようなボディブロー。わき腹を貫く激痛に呼吸が止まる。たまらず膝《ひざ》を付きそうになるが、なんとか踏みとどまって堪えた。

……そうだ。

まだ、倒れるわけにはいかない。

「ヘェ、丈夫ダネェ。今ノヲ喰《く》ラッテ立ッテラレルナンテサ」

最初と同じ軽薄な口調。

応《こた》えるように、俺《おれ》は笑ってやった。

「は、はは。当たり前だ。あいにくこの程度で倒れちまうような——そんな羨《うらや》ましい教育は受けてねえんだよ！」

言いながら、思いっきりオオカミのわき腹を殴り返す。

突き刺さる右拳《みぎこぶし》。

今の俺に放てる、渾身《こんしん》の一撃だった。

しかし——。

「ヒャハハハッ！」

機械仕掛けの哄笑《こうしょう》。

……嘘《うそ》だろ。

ビクともしねえ。

まさか、全然効いてないのか。

「ぎっ……!?」

お返しとばかりに叩《たた》き込まれた左の拳に、肋骨《ろっこつ》が軋《きし》む。

次は膝蹴《ひざげ》り。

見事なコンビネーション。

背中まで突き抜ける衝撃が、鳩尾《みぞおち》にめり込んだ。

「ジロークン。悪イケド、マダ続ケルンナラゲームノ名前ヲ変エナクチャイケナイネェ」

苦悶《くもん》に震える俺に、オオカミは冷徹な口調で吐き捨てた。

「新シイゲームノ名前ハ——バ・イ・オ・ハ・ザ・ー・ド。モチロン、血塗レノゾンビクント戦ウノハコノオレダ！」

瞬間、右アッパー。

顎《あご》への一撃に、膝を喰らって前のめりになっていた身体《からだ》が起き上がる。

やべえ……ぐにゃぐにゃだ。

度の合わない眼鏡《めがね》をかけたみたいに視界が歪《ゆが》んでやがる。今の一撃で、完璧《かんぺき》に脳を揺らされちまった。

これじゃ、もう防御すら——。

「……っ！」

衝撃に、身体が揺れる。またどこかを殴られた。もう口の中には血の味しかしない。全

身がズキズキと痛み、目眩《めまい》と吐き気までこみ上げてきやがった。がくがくと力を失った膝《ひざ》が床に付こうとして、

「ぐあっ!?」

前に倒れようとした俺《おれ》の顔に、容赦のない蹴《け》り。セリエAなみのフリーキックだ。俺の頭がサッカーボールだったら鮮やかにゴールネットに突き刺さっていただろう。

後ろに倒れた瞬間、間髪《かんぱつ》いれずに腹を踏みつけられる。

まるで台所に出たゴキブリでも踏みつぶすみたいに、何度も、何度も……。

「……………」

痛《いて》え。

内臓がところてんみたいに口から出そうだ。

殺される。

瞼《まぶた》の上から流れ出した血で真《ま》っ赤《か》に染まった視界がそう告げていた。

もはや満身創痍《まんしんそうい》。

気を抜いたら一瞬で昏倒《こんとう》する。

これ以上立ち上がったら、本当に殺されるかもな。

でも——。

「く、はは」

やっと踏みつけが終わったとき、俺は乾いた笑い声を出した。

「たっ……大したことねえな。うちの家族の一家団欒《いっかだんらん》に比べれば、こんなの青空の下のピクニックに近いぜ……」

強がりだけで口唇《くちびる》を動かして、立ち上がる。顔を伝ってだらだらと血が流れていく。あーあ、眼鏡《めがね》のレンズにヒビが入っちまった。こりゃあ買い替えなきゃダメかも。

「……っ！」

俺が立ち上がるのを待っていたように、攻撃が再開される。

身体《からだ》を引き裂く激痛。打ち込まれる連打。一方的な暴力。

もはや……立っているのがやっと。

このまま意識を失ったら、きっと楽になれる。

でも——それじゃダメだ。

ダメなんだ。

「何度でも……立ち上がってやるぞ、クソッタレ」

バイオハザード？　上等じゃねえか。血に染まった口唇を吊《つ》り上げて、それこそ死人《ゾンビ》のように微笑《ほほえ》んでやる。

ああ、そうさ。

どうってことない。

こんなのどうってことない。

俺《おれ》が育ってきた家庭環境に比べれば――どうってことない。

「なあ。あんたは、おはようの代わりにエルボー・ドロップを喰《く》らったことはあるか？」

「…………」

「嫌いなおかずを残しただけで母親から垂直落下式のブレーンバスターを喰らったことは？　幼稚園のときに妹とおままごとしてて、なぜかアキレス腱《けん》を切断されたことは？」

「…………」

「白目を剥《む》いて口から泡をふいて失神したことは？　朝、目が覚めたらいきなり病院の集中治療室にいたことは？　うっかり妹の着替えに遭遇して、心肺停止状態に追い込まれた経験はあるか？」

ないだろ、と俺は付け足した。

あるわけない。日常生活でそんな経験を味わったことがあるのは俺ぐらいだ。

ナメるなよ。

こっちは十年以上、母親と妹にシバかれ――いや、鍛えられてきたんだぞ。

だから、この程度じゃ負けられない。

負けられるわけがない。

それに――負けたら護《まも》れない。

涼月《すずつき》を、紅羽《くれは》を、近衛《このえ》を……。

ここで意識を失ったら、あいつらを護れない。

もっと、強く立ってなくちゃ――。

「――サア、ソロソロゲームセットノ時間ダヨ」

機械仕掛けの声が告げる。

その手には――ナイフ。

触れただけで血が噴きだしそうな鋭い刃《やいば》。

銀色の切っ先が、俺に向けられていた。

「サスガノキミモ、手足ノ筋《スジ》ヲ切レバユックリ休ンデクレルダロウ。本当ハココマデシタクナカッタケド……仕方ナイカナ」

マズハ右手ダ、と一直線にナイフが振り下ろされる。

ああ……ちくしょう。

もう避ける気力もない。

けど、このまま終われるか。こうなったら動くのが首だけになっても噛《か》みついてやる。

俺に虫歯はないぞ。全部天然物《てんねんもの》だ。

鈍い輝き。

迫りくるナイフ。

その鋭利な刃《やいば》が俺《おれ》に突き刺さろうとして――。

「待たせたな、ジロー」


透き通ったアルトボイス。

小さな掌《てのひら》でナイフを受け止めたソイツは、静かに微笑《ほほえ》んでいた。

「こ、近衛《このえ》……」

そこにいたのは間違いなく近衛スバル。

涼月奏《すずつきかなで》の執事に違いなかった。

「ジロー、ここからはボクの仕事だ。だから、もう休んでくれ」

ぽたりと床に赤い雫《しずく》がこぼれ落ちる。

刃を握り締めたせいで掌が切れてしまったんだろう。

それでも近衛は頑《かたく》なにナイフを放さなかった。

「ヒャハハハッ！　オハヨウ、執事クン。遅カッタジャナイカ」

オオカミは、あっさりとナイフを手放して距離をとる。

「アア、入場料ハ要《い》ラナイゼ。コレハリターンマッチダ。キミニトッテモ、オレニトッテモネ。ソレニ、残念ナガラナイフハソレ一本ダケジャナイヨ」

言葉の通り。

オオカミは懐《ふところ》から同じような形のナイフを取り出して――構えた。

「ンン？　震エナクテイイノカイ？　前ニココデ会ッタトキ、キミハ泣キナガラ震エテイタネ。ナイフヲ突キ付ケラレテ脅サレテサ。マルデ哀レナ小羊ミタイニ、ガタガタ震エテイタジャナイカ」

「……ああ、そうだ。でも――」

今は違う。

と。

近衛《このえ》は握っていたナイフを床に捨てた。

その透き通った瞳《ひとみ》は真《ま》っ直《す》ぐにオオカミを見つめている。

まるで、突き刺すように。

「ボクは――」

彼女は自分に言い聞かせるようにゆっくりと口を開いた。

その手は、かすかに震えているように見えた。

過去のトラウマ。

刃物恐怖症。

きっと逃げ出したいくらい怖いに違いない。倒れた方が楽なくらい苦しいに違いない。

でもコイツは、今必死にそれと戦っている。
ただ、自分の大事な人を護《まも》るために——。
「ボクは——執事だ」
言って、彼女は震える指を握り締めた。
「だから、そんなナイフなんか怖くない……っ！」
覚悟を決めたように二つの拳《こぶし》が構えられる。
ヒツジ。
その姿はやっぱり羊に見えた。
飢えた狼《おおかみ》に襲われた小さな羊。
その獰猛《どうもう》な牙《きば》に震えながらも、必死に逆らおうとしている。
普通なら喰《く》われて終わりだ。
哀れな小羊は、悲鳴を上げる間もなく息の根を止められる。
弱肉強食。
弱者は強者に殺される。
それがこの世界のルールってもんだろう。
でも——。

一匹ぐらいは、狼《おおかみ》を殺す羊がいてもいいかもしれない。
番狂わせ。下剋上《げこくじょう》。窮鼠《きゅうそ》猫を噛《か》む。
どんな言葉でもいい。
たまには狼に牙《きば》を立てる羊がいてもいいはずだ。
狼のノドに喰《く》らいつく羊がいてもいいはずだ。
狼の牙をへシ折ってやれる羊がいても――いいはずだ。
そんな馬鹿《ばか》げたファンタジーも悪くない。
だから――。
「悪《わ》りぃ、スバル様」
消えそうな意識をなんとか繋《つな》ぎとめながら、俺《おれ》は声を絞り出した。
「あとは、頼んだ」
託した言葉に、彼女はただ一言だけ「任せろ」と呟《つぶや》いた。
それが――開戦の合図だった。
弾《はじ》かれた弾丸のように、オオカミがナイフを構えて近衛《このえ》に突っ込む。
疾走。
ただ確実に殺すための、刃《やいば》を突き立てるための疾走。

輝くナイフ。
まるで牙のように尖《とが》った刃。
しかし、近衛は避けようとしなかった。
いや……それどころか、
「!?」
驚愕《きょうがく》に息を飲む。
近衛は突き出されたナイフを飛び越えるように跳んでいた。
宙を舞う身体《からだ》。
驚くことに、そのままナイフを踏み台にするように足をかける。
「あああああああああっ！」
咆哮《ほうこう》。
ナイフを踏み台にしてさらに高く跳んだ近衛の身体が――廻《まわ》る。
背中を見せつけるかのように勢いをつけた回転。
ただ蹴《け》りの威力を上げる為《ため》の加速。
そう、蹴りだ。
この技を、俺は知っている。
前に母さんにこれを喰らったとき、俺は一発で失神した。

ローリング・ソバット。

綺麗《きれい》な弧を描く右脚《みぎあし》。

抉《えぐ》るようなその一撃が、オオカミの顔面に突き刺さる……！

「………！」

蹴《け》りの威力に無言でふっ飛ぶオオカミ。その身体《からだ》が立ち上がることはなかった。どうやら、一撃で気絶したらしい。

完璧《かんぺき》だ。

カウンターでのローリング・ソバット。

おいおい……なんてヤツだ。

たった一発で、勝負を決めやがった。

たった一撃で――オオカミのノドを喰《く》い千切《ちぎ》りやがった。

「……っ」

ああ……くそう。

かっこいいなあ、コイツ。

悔しいけど、今なら「クールでかっこいい」ってきゃあきゃあ騒いでる女子たちの気持ちがわかった気がする。

スバル様……か。

確かに、今の近衛《このえ》は惚《ほ》れちまいそうなくらいに、かっこいい。

「近衛、二人はそのドアの奥だ……！」

言った瞬間、近衛は駈《か》けだした。

俺《おれ》も痛む身体を引きずりながらドアへと向かう。

ドアの向こう。

そこにあったのは四畳ほどの小さな部屋。

手錠をかけられて床に寝かされている二つの人影――。

「紅羽《くれは》っ！」

横になっている妹に駆けよる。……よかった。怪我《けが》はない。薬か何かで眠らされているだけみたいだ。

「スバル、ジローくん……」

目が覚めたのか、涼月《すずつき》が虚《うつ》ろな声を出した。

「お嬢様……」

執事はゆっくりと主《あるじ》の身体を抱きかかえる。その瞳《ひとみ》には透明な涙が浮かんでいた。

「申し訳ありません。ボクが……ボクが気を抜いたせいでお嬢様と紅羽ちゃんをこんな危険な目に遭《あ》わせてしまいました。ボクは……執事失格です」

ひどくしゃがれた声で精一杯に告げる。

応《こた》えるように、涼月《すずつき》はただ優しく微笑《ほほえ》んだ。

「ううん。そんなことないわ。あなたはちゃんと私を護《まも》ってくれたじゃない。主《あるじ》として、こんな優秀な執事をクビにするなんてできないわ」

穏やかな音色。

それが引き金だったように、近衛《このえ》はぼろぼろと泣き始めてしまった。

そして、くしゃくしゃになった声で呼ぶ。

自分の主の名前を――。

「……カナちゃん」

「なあに、スバル」

「こんなボクでも……こんなダメな執事でも、カナちゃんの側《そば》にいていいかな?」

「ええ――そうね」

微笑みながら、涼月は自らの執事に――命令した。

「これからもずっと、私の側にいなさい。執事として……それに、友だちとして。一生私の側に仕《つか》えなさい。これは命令よ、スバル」

「……はい。かしこまりました、お嬢様」

主と執事。

涼月と近衛はお互いの関係を確かめ合うように見つめ合っていた。

ああ――とりあえず、一件落着か。

ていうか、そろそろ眠ってもいいのかな。情けないが、そろそろ限界っぽい。安心したせいか、急に意識が……。

と。

不意に。

背後から、パチパチと乾いた音が響いた。

振り向くと、そこにいたのはオオカミ。

近衛に倒されたはずの誘拐犯が、なぜか拍手をしていやがった。

「おまえ……まだやるつもりか……！」

近衛が再び拳《こぶし》を構える。

しかし――オオカミはそれに応えなかった。

さきほどまでの軽薄な声も聞こえない。

誘拐犯は、ただ静かに――そのマスクを脱ぎ捨てた。

暴かれる素顔。

精悍《せいかん》な顔つきに鋭い眼光。黒のスーツが似合う長身痩躯《そうく》に落ち着いた表情……たぶん二十代後半くらいか。

マスクのせいで乱れた髪形を整えたあと、その男はゆっくりと銀縁の眼鏡《めがね》をかけた。

「なっ――」

現れた男の顔を見て、近衛《このえ》はあんぐりと口を開けていた。

……え？

なにそのリアクション。なんか誘拐犯に会ったっていうより、街中《まちなか》でばったり知り合いと会っちゃったみたいな……。

「そ、そんな……どうして……」

驚愕《きょうがく》に目を白黒させながら、近衛は口をパクパクさせていた。

男はタイミングを計るように眼鏡《めがね》をくいっと上げてから、

「スバルうううっっ！」

容姿に似合わないふざけた声を上げながら、近衛に抱きついた。

抱きつきやがった。

………。

……おい。

なんだこの展開。誰《だれ》だコイツ。なんで近衛に抱きついてんだよ。ノーヒットノーランを達成したバッテリーじゃねえんだぞ。

「ああ、彼はスバルの父親よ」

しれっと。

平然と、なんでもないことのように涼月《すずつき》は言いやがった。

……………。

……はい？

このお嬢様、何気《なにげ》にまたとんでもないことを言いませんでしたか？

「近衛流《ながれ》。若く見えるけど、これでもスバルの実の父親なの」

「………」

「ちなみに、涼月家現当主――つまり私の父の執事をやってるわ」

「………」

「どう？　びっくりした？」

「いや……びっくりっていうか……」

状況確認。

目の前には、悪戯《いたずら》っぽく口唇《くちびる》を歪《ゆが》める涼月と、呆然《ぼうぜん》とする近衛を強引に抱きしめる近衛の父親だという男。それとすうすうと寝息をたてる紅羽《くれは》。

えーっと……なんだろうね。

まあ、あんまり信じたくないんですが……。

どうやら、俺《おれ》たちは嵌《は》められたらしい。

目の前に広がる現実に嫌気《いやけ》が差した瞬間、ついに限界を迎えたのか、俺の意識は深い闇《やみ》へと落ちていった。

# 第６話　迷える執事とチキンな俺と

白い光。

天井に浮かぶ見慣れないシャンデリア。

おぼろげな視界がそれを捉《とら》えたとき、俺は目を覚ましていた。

「……痛っ」

軋《きし》むような疼痛《とうつう》。身体《からだ》のあちこちには丁寧に包帯が巻かれている。誰《だれ》だか知らないが懇《こん》切丁寧《せつていねい》に治療をして、おまけに水着から着替えさせてくれたらしい。

まあそれは感謝しておくとして、ここは一体どこだろう。

枕元《まくらもと》に置いてあった眼鏡《めがね》（ラッキー、なんか修理してあるぞ）をかけ、上半身を起こして周囲を確認。高価そうな家具に上品な絨毯《じゅうたん》。おとぎ話に出てくる城の一室のように豪華な部屋。その中心にあるでかくてふかふかのベッドに、俺は寝かされていた。

「よう、起きたか」

部屋の隅《すみ》から響くハスキーボイス。

きっちりと整った髪に銀縁の眼鏡《めがね》。

近衛流《このえながれ》。

近衛の父親だというその男は、猛禽類《もうきんるい》のような目つきで俺《おれ》を睨《にら》みつけていた。

「どうだ、身体《からだ》は痛むか？　このラブコメ野郎」

「ラブコメって……どういう意味だよ」

「ああ？　オレの娘を人気のない理科室で押し倒して胸を触って鼻血を出したんだ。そんなラッキーな野郎はラブコメの世界にしかいないだろう」

かつかつと靴音を立てて歩きながら近衛流は吐き捨てる。

ていうか若すぎ。近衛の父親ってことは若くても三十代半ばくらいのはずだが、どう見ても二十代にしか見えない。整形でもしてるんじゃねえか。

「奏《かなで》お嬢様に感謝しろ。お嬢様の言いつけがなかったら、今頃《いまごろ》おまえは廃品回収に出されていたからな。あと怪我《けが》も大したことない。骨も折れてないし、治療も万全だ」

「万全って……殴ったのはあんたじゃねえか」

好き放題殴りやがって。不適切な発言をした政治家だってあんなに叩《たた》かれはしねえぞ。

「仕方ないだろう。おまえには最初の一発で気絶してもらうシナリオだったんだ。さっさと意識を失わないおまえが悪い。それに手加減はしてやったぞ」

「嘘《うそ》つけ。あんた絶対本気で殴ってたろ」

「バカを言うな。オレだっておまえを八つ裂きにしたいのをなんとか堪えてたんだ。殺さないように加減するので精一杯だったさ」

ああ、コイツとはたぶん一生仲良くなれないね。

俺は瞬間的にそう思った。たぶん当たってるだろう。

ベッドの横に立って、俺を見降ろす近衛流。黒いベストにきゅっとしまったパンツ、それと固く結ばれたネクタイ。きっと執事の正装なんだろうが、この男の外見にはそれが悔しいぐらいに似合っていた。

こんな格好をしてるってことは、ここは涼月《すずつき》の家か。予想通り、金持ちにぴったりの豪華な屋敷らしい。

「……紅羽《くれは》は？」

「安心しろ。あの娘《こ》なら隣の部屋で眠ってる。元々あの娘は傷つけないようにするシナリオだったからな」

「………」

シナリオね。

やっぱり、あのレジャーランドでの一件は全部涼月の計画だったのか。

狂言誘拐。

たぶん、わざわざそんなめんどくさいマネをした理由は……。

「なあ、一つ訊《き》いていいか？」

「なんだ。『お義父《とう》さんって呼ばせてください』って頼み以外なら訊いてやるが？」

「……呼ばねえよ。あんたは俺《おれ》をどんな人間だと認識してんだ」

「愛する娘に付きまとう害虫ってとこか。おまえに効く農薬があったらきっと世界中にバラ撒《ま》いてるな」

親馬鹿《おやばか》め。このオッサンは心底《しんそこ》俺のことが嫌いらしい。まあ別にいいよ。俺だって大っ嫌いだ。こんな敵意むき出しの大人《おとな》を好きになれるわけがないぜ。

「オッサン。もし仮に近衛《このえ》と結婚するような事態になったとしても、あんたのことはお義父さんなんて呼ばない。あんたなんかオッサンで十分だ」

「上等だクソガキ。おまえにお義父さんなんて呼ばれたらアレルギーで死んじまうぜ。それにたとえ世界の終わりが来てもおまえなんぞにオレの可愛《かわい》いスバルはやらん」

近衛流《ながれ》……いや、オッサンは俺の眼前で中指を突き立てやがった。お返しに俺が親指をぐいっと下に向けてやると、忌々《いまいま》しそうに「ふん」と息を吐く。

「はっきり言って、オレはおまえが嫌いだ」

「心配するな。俺もあんたが大嫌いだ」

「はん。言うじゃねえかクソガキ」

「おう。何度でも言ってやるぜ親馬鹿」

バチバチと視線がぶつかって火花が飛ぶ。レジャーランドのことを訊こうと思ったけど、どうでもよくなってきた。やるなら奇襲がいい。先手必勝。ここは一気に勝負を決めて……。

「二人とも仲が良さそうね。私も混ぜてくれないかしら？」

一触即発の状態で睨《にら》みあっていると、いつの間にか開いていたドアの向こうから聞き慣れた声がした。

涼月《すずつき》だ。

朝会ったときの服装のままである。

「流。もう下がっていいわよ」

「かしこまりました、奏《かなで》お嬢様」

オッサンは仰々《ぎょうぎょう》しく頭を下げると、さっさとドアから出て行った。むう、さすがは執事だ。主《あるじ》の前では礼儀正しい態度でいるらしい。

「悪い人じゃないんだけどね。スバルのことになるとちょっと周りが見えなくなっちゃうのよ」

「ちょっとって……あれはどう見ても親馬鹿だろ。あれじゃ一生近衛に嫁の貰《もら》い手《て》が来ねえぞ」

さっきはすっとんきょうな声出しながら抱きついてたし。近衛が親と仲が悪いって言ってたのも、きっとオッサンが必要以上に付きまとうからじゃないだろうか。普段からあんな調子だとしたら、ウザい父親だ。

「でも流《ながれ》って、ジローくんと似てるわね」

「……げっ」

なんてことを言うんだこの女。俺《おれ》とあの男が似てるだって？　眼鏡《めがね》くらいしか共通点ねーぞ。

「似てるわよ。家族を大事にするところとか。まあ流にとってスバルはたった一人の家族だから、過保護になるのも無理はないかもしれないけど」

「たった一人？」

そう言えば、近衛《このえ》の母親は……。

「スバルの母親はあの娘《こ》が五歳のときに亡くなったわ。元々身体《からだ》がひどく弱くて、スバルを産んだのがきっかけで……」

「……………」

前に近衛に兄弟がいないって言ってたのはそういうことか。母親がそんな状態だったんじゃ近衛の後《あと》に子供を産めなかったんだろう。跡取り的には男の子が欲しかっただろうに。

「思えば、スバルが私の執事になることにあんなに拘《こだわ》るようになったのもそのときからだったわ。私の家の人たちも流に再婚を勧めたんだけど、スバルが泣きながら反対したのよ。

『新しいお母さんなんかいらない！』って言ってね。きっと怖かったのよ。自分の母親の存在が消えていってしまうみたいで」

——ボクは、どうしてもお嬢様の執事でいなくちゃいけないんだ。

初めて出会った日の保健室で、近衛は確かにそう言っていた。

……………。

涼月《すずつき》の言う通り、あいつは執事をやることで自分の母親の存在を守りたかったのかもしれない。だから、涼月の執事でいることに、あんなに必死になって……。

「でも——現実は甘くなかったわ」

彼女は苦々しく言葉を漏らした。

「あのレジャーランドで起きた誘拐事件で、スバルは刃物恐怖症になった。それ以来、あの娘の中では二つの気持ちがずっとぶつかってたの。執事でいたいって気持ちと、こんな自分が執事をやっていいのかって気持ちがね」

死んだ母親の為《ため》に執事でいたいっていう想《おも》いと、刃物恐怖症で主《あるじ》もろくに護《まも》れない自分に執事なんて無理だっていう負い目。

……ジレンマってやつか。

あいつは、その二つの気持ちの狭間《はざま》でずっと悩んでたのか……。

「私たちもなんとかあの娘の刃物恐怖症を治そうとしたんだけど、全然上手《うま》くいかなかった。正直、何度スバルに執事をやめなさいって言いそうになったかわからないわ」

けど、今は言わなくてよかったって思ってる。

涼月《すずつき》は俺《おれ》を見つめながらそう言った。

「あなたがスバルと出会ったとき、私はこれ以上のチャンスはないと思ったわ。同じような恐怖症を抱えたあなたと触れ合えば、スバルの恐怖症にも何か改善があるかもしれないってね」

「だから……近衛《このえ》に俺の恐怖症を治す手伝いをさせたのか」

「その通り。けれど、やっぱりそう上手《うま》くはいかなかった。あなたの恐怖症を治す手伝いをさせれば少しは変化があると思ったんだけど、相変わらずスバルは刃物が怖いままだった。だから——方向性を変えることにしたの」

「それが、今日の誘拐事件……」

「ヒャハハハッ！　アア。正解ダヨ、ジロークン」と再びあのオオカミの声がした。見ると涼月が口に小さな機械を当てて話していやがった。

……あのイラつく声はこの女の仕業《しわざ》だったのか。たぶん、マスクにスピーカーと無線を仕込んで、あの部屋に仕掛けた監視カメラか何かで俺たちの動向をチェックしながら喋《しゃべ》っていたんだろう。誘拐犯の正体がオッサンであることを近衛に悟らせないために、わざわざ涼月が声を担当したってわけか。

「案《あん》の定《じょう》、計画は上手くいったわ。友だちと主《あるじ》が危険に陥って、それを助けるためにスバルは自分の恐怖症を克服できた。まあ、まだ完全ってわけじゃないでしょうけど、今までのことを考えれば大きな一歩だわ」

「……おまけに、おまえは近衛との関係をいい感じに修復できた」

まったく、とんだ策士だなこの女。俺と紅羽《くれは》をまんまと利用して、近衛の恐怖症を治す手伝いをさせたってわけか。

「そうね。あなたたちには……本当に感謝してるわ。あなたたちのおかげで、スバルは私の執事をやめなくて済んだんだから」

ありがとうと涼月は上品な仕草《しぐさ》でお辞儀《じぎ》をした。

……くそ。

俺たちはずっとコイツの掌《てのひら》の上で踊ってたのかよ。なんかムカつく。言ってくれれば、こっちだって協力くらいしたのにさ。

「近衛の親父《おやじ》のことを言えねえな。おまえの方こそ、あいつのことになったら周りが見えなくなっちまいそうだ」

当て付けのつもりでトゲトゲしくぼやいた。

しかし――なぜか彼女はくすくすと笑っていた。

「ええ、そうね。だって、私はスバルのことを愛してるから」

「……は？」

アイシテル？

なんだよ、その意味深な言い方は。

まるで近衛《このえ》のことを恋愛対象として見てるみたいな……。

「本当よ。私の初恋はスバルなの」

「………」

……。

いや。

何を言ってるんですかねぇこの人は。

さすがの俺《おれ》ももう騙《だま》されないぞ。やけにマジな表情をしているような気もするがこれも演技に決まってる。そうさ、このオオカミ少女がこんなふざけたカミングアウトをするわけが……。

「そうだ。せっかくだから夕食も食べて行きなさい。準備ができたら呼びに来させるから」

言って涼月《すずつき》は俺の返答も聞かずにつかつかとドアへと歩いて行った。そしてドアをくぐる寸前でくるりと振り返る。

「ジローくん。これからも私たちはあなたの恐怖症を治す協力をするわ。だってそれくらいじゃないと割に合わないでしょう。あなたのおかげで、スバルは私の執事を続けられるようになった。そしてなにより……」

私の執事の友だちになってくれて、ありがとう。

にこやかに微笑《ほほえ》んで、涼月は部屋から出て行った。

……反則だ。

こんなの一発レッドカードだ。

心臓が撃ち抜かれたみたいにバクバクいってやがる。

めちゃくちゃ可愛《かわい》かった。なんて屈託《くったく》のない表情《かお》しやがるんだあいつ。うわー、どうしよう。このままじゃ自分の中の大切な何かが塗りつぶされてしまいそうだ。

と。

俺が衝撃に悶《もだ》えていると、コンコンと控えめなノックがドアを鳴らした。

「入るぞ、ジロー」

澄み切ったアルトボイス。

近衛だった。

例の執事の正装、つまりさっきのオッサンと同じ格好をしている。うん、凜々《りり》しくて似合ってる。やっぱりあんなオッサンよりコイツが着た方が断然似合うねって……あれ？

なんか……ところどころに赤いのがついてるのはなんだろう。

白いシャツに飛び散った赤いシミ。あれじゃまるで返り血でも浴びたみたいな……。

「ああ、これか。大したことない。ちょっとそこでお父さんとモメただけだ」

「え？」

「心配するな。ジローの仇《かたき》はちゃんと取ってきたぞ」

「……はあ」

「あと『お父さんなんか大っ嫌い！』って、面と向かって言ってやった」

「………」

えーっと。

もしかして、俺《おれ》が殴られた仕返しをしてきてくれたのかな。そりゃあ嬉《うれ》しいっていうか、かなり胸がスッとするんだけど……大丈夫かな、あのオッサン。娘にそんなことされたらショックで首吊《つ》るんじゃないか。

「それより、ジロー。身体《からだ》は痛まないか？」

「ああ、まあそこそこ。でもこんなの慣れっこだからな。きっとすぐ治るさ」

昔から怪我《けが》の治りは早かった。家庭環境の賜物《たまもの》である。

それにしても近衛《このえ》のヤツ、ひょっとして心配して様子を見に来てくれたんだろうか。ああ、なんだかんだ言ってもコイツやっぱり良い奴《いやつ》だよな。

「そうか。よかった。怪我で動けないんじゃ約束を果たしてもらえないからな」

「約束？」

「ああ。『あとでなんでも言うこと聞く』って。ジローは、確かにボクにそう言ったよな？」

近衛はやけにさわやかな笑みを浮かべた。

……………。

やばい、なんだこれ。

戦慄《せんりつ》が背中を駆け抜ける。いや、確かにそんなことも言ったけど……あれはその場の空気で口走ってしまったわけで、何もそこまで本気にしなくても……！

「あ、あはは。そんなにマジになるなよ近衛。あれは軽い口約束みたいなもんで……」

「『近衛』？　何を言っているんだジロー」

満面の笑顔のままで、

「『近衛』じゃなくて『お嬢様』だろう。今のジローはボクに絶対服従なんだ。そこを勘違いされちゃ困るな」

「………………」

あの、冗談ですよね近衛さん？

なんて言いたかったがとてもそんな雰囲気じゃなかった。

大変だ。コイツ、目がマジだ。くぅ、こんなの有りかよ。まさかあんな小さな一言が死亡フラグだったなんて……！

「わ、わかりました、お嬢様」

恐怖に押され、俺《おれ》は言われた通りにしていた。

「うん。それでいい。これでジローはボクに絶対服従なわけだな？」

「……はい。その通りです、お嬢様」

「ということは、多少の苦痛にも耐えられる覚悟があるわけだな？」

ひぃっ！　真顔でとんでもないこと言ってるぞコイツ！　多少の苦痛って何⁉　もしかして、プールで俺に当て身を喰《く》らったのを根に持ってるのか⁉

「どうなんだ。あるのか？　ないのか？」

「あります！　多少の苦痛なら耐えてみせますっ！」

ガクガクと頷《うなず》く俺。だってねえ？　この状況でNOなんて言えるわけないぜ。イエスイエスイエス。ああ、神様。哀れな俺をどうか助けてください。せめて拷問《ごうもん》だけはやめるようにこの人に言ってあげて。

「じゃあ、いくぞ。動くなよ」

「……は、はい」

うわあああもうダメだ殴られる。そう思って身を固めた瞬間だった。

突然、予想外の感覚が身体《からだ》を包んだ。

肌に感じる柔らかな感触。ふわりと漂う花のような香り。思わず瞑《つぶ》ってしまった瞼《まぶた》を開けると、そこにいたのは近衛《このえ》スバル。

近衛が、俺の身体に抱きついていた。

「こ、近衛……？」

思わず普通に呼んでしまったが、ツッコまれることはなかった。

それは、ある意味殴られるよりも衝撃的な光景だった。

近衛が——俺の胸に顔を埋《うず》めながら、嗚咽《おえつ》を上げていたのだ。

「……バカ」

震える声で近衛は小さく呟《つぶや》いた。

「こっ、怖かった……すごく、怖かったんだぞ……」

「………」

怖かった。

それは、言わずもながら刃物のことだろう。

……当たり前だ。近衛にとって刃物は最大級のトラウマだった。いくら涼月《すずつき》を護《まも》るためとは言っても、そのトラウマに真正面から立ち向かったんだ。たぶん、今頃《いまごろ》になって恐怖が溢《あふ》れてきてしまったんだろう。

「……泣くなよ、近衛」

俺《おれ》は少しでも励まそうと言葉をかけた。

「あのとき、おまえはちゃんと涼月《すずつき》を護《まも》ったじゃねえか。おまえはもう欠陥品なんかじゃない。刃物恐怖症だって、これから時間をかければきっと完璧《かんぺき》に克服できるさ」

瞬間。

近衛《このえ》は唐突に顔を上げる。

涙を浮かべた瞳《ひとみ》は、怒ったように俺を睨《にら》みつけていた。

「違う」

「……え？」

不意を打たれてきょとんとしてしまった。違う？　何が？　コイツが怖かったのは刃物のことなんじゃないのか？

「違う、違う違う違うっ！　ボクが怖かったのはそんなことじゃないっ！　あのとき……あのときボクが怖かったのは……っ！」

――ジローが、ボクの前からいなくなったから。

ぽろぽろと大粒の涙を零《こぼ》しながら、そう絞り出した。

「あのとき……プールサイドで目を覚ましたとき、ボクがどんな気持ちだったかわかるか？　ジローがたった一人でお嬢様たちを助けにいったことがわかったとき、ボクがどんな気持ちだったかわかるか？」

「……」

「怖かったよ。すごく怖かった。このままジローがいなくなっちゃうんじゃないかって思った。もう二度と会えなくなるかもしれないって思った。もっ……もしかしたら、ボクの眠っている間に、ジローがあのナイフで刺されて……っ！」

「……」

「そっ、そう考えたら、怖くて……怖くてっ！　ジっ、ジローが……初めてできた学園の友だちが……死んじゃうかもって思ったら、本当に怖くて……っ！」

「……近衛」

静かに俺は彼女の震える背中を抱きしめた。

そうせずにはいられなかった。

「ごめん、悪かった」

「……ば、ばか。謝ったって……絶対許してやらないからな……っ！」

揺れるしなやかな髪。

どこまでも弱々しい強がり。

そこにあのオオカミに――自分のトラウマに悠然《ゆうぜん》と立ち向かったクールでかっこいいスバル様はいなかった。

そこにいたのは、一人の女の子。

小さくて、細くて、強く抱きしめたら今にも壊れてしまいそうな、少女の姿――。

「ばか、ばかばかばかぁ……」

ひくひくと咽《のど》を鳴らしながら、近衛《このえ》は再び俺《おれ》の胸に顔を埋《うず》めた。

――護《まも》ってやりたい。

何となく、俺はそう思った。

近衛を……彼女を護ってあげたいとただ思った。

でも――それには、きっと今のままじゃダメなんだろう。

弱い。包帯に塗《まみ》れたこんな情けない姿。あんな簡単にボコボコにされるようじゃ、俺はすげぇ弱い……。

「――――」

だから――もっと強くなろう。

もう心配されることのないように……コイツが二度と泣かなくて良《い》いように、もっと強くなろう。どんな危険が来ても、コイツの側《そば》にいて護ってやれるくらい、強い男に――。

「……あ、」

そうか。

やっとわかったぜ、親父《おやじ》。

あんたが最期に残した言葉の意味。

スタンド・バイ・ミー。
私の側《そば》にいて欲しい。
それを——その言葉を自分の大事な人に言える男になれ。
大切な人たちを側で護《まも》れるように、強くなれ。
俺が護るから側にいてくれって、胸を張って言ってやれるくらいに、強く——。
「ジロー……」
彼女は静かに顔を上げた。
涙に濡《ぬ》れた顔。
わずかに潤んだ透き通った瞳《ひとみ》。
互いの口唇《くちびる》が触れ合いそうな距離。
そこにある可憐《かれん》な輪郭《りんかく》に、思わず息を飲んだ。
……飲んだ瞬間だった。
「ふおっ⁉」
不意に視界が赤く染まる。
鼻血。
今までなんとか堪えてきたその赤い奔流《ほんりゅう》が、ついに噴きだしたのだ。
「だ、大丈夫かジロー？　だから訊《き》いたんだ。多少の苦痛にも耐えられるかって……」

俺《おれ》の身体《からだ》から離れてティッシュを取りに行く近衛《このえ》。

……いや。

せっかくいい雰囲気だったのに情けねえなぁチキン野郎とか言わないでくれ。実は抱きつかれたときから結構我慢してたんですよ。

でもさすがに限界。

だって……ねえ？　あーあ、これからはコイツのことを男だなんて間違えることは絶対にないんだろうなぁ……。

と。

俺がどくどくと流れ出る鼻血を押さえているときだった。

ノックもなしに凄《すさ》まじい勢いで部屋のドアが開く。

何事かと思って目を向けると、そこにいたのはショートカットの似合う女の子。

紅羽《くれは》だった。

「だっ、大丈夫ですか近衛先輩!?」

紅羽は俺を無視して一目散《いちもくさん》に近衛に駈《か》け寄った。うわー、何この薄情な妹。どう見ても俺の方が重傷だし、こんなに鼻血まで出してるのに……。

「お姉さまから訊いたんです！『今頃《いまごろ》ジローくんがスバルを手ごめにしてるかも』って！　ああ……近衛先輩。そんなに目を赤く腫《は》らして……怖かったんですね。なんなら今すぐ被害者の会を結成しましょう！」

デビル涼月《すずつき》め。また嘘《うそ》を吹き込みやがったな。つーか被害者の会って、どっちかっていうと俺《おれ》の方がおまえの被害者だ。

「兄さんも兄さんだよ！　お姉さまと付き合ってるのに、あたしが貧血で倒れている間に近衛《このえ》先輩を誘惑するなんて……っ！」

「……貧血？」

ああ、そうか。たぶんこっちも涼月の仕業《しわざ》だろう。紅羽《くれは》に今日あったことを知られないように、上手《うま》く事実を改ざんしたわけか。

「落ち着け妹よ。おまえはあの女に騙《だま》されてるだけだ」

「ひっ、ひどい！　自分の恋人を信用できないなんて、兄さんは人間として終わってるよ！」

コラコラ。実の兄に向かってなんてこと言うんだ。にしてもこの状況はマズい。今の紅羽はパイプ椅子《いす》があったら間違いなく殴りかかってくるテンションだ。くそっ、早くなんとかしないと……。

「なあ、ジロー」

不意に。

黙っていた執事が口を開いた。

「お嬢様と付き合ってるっていうのは、どういうことだ？」

「……げっ」

うわっ、そういや俺と涼月が付き合ってるフリしてるのはコイツには秘密って設定だったっけ。

……。

ヤバい。

何だか知らないが、ひどく嫌な予感がしてきた。

「へぇー……そうなんだ。ジローとお嬢様は、もうそういう関係だったんだ……」

極度《きょくど》の怒りを乗せた声が突き刺さる。

凍りつく空気。

室内なのに冷たい風が通り過ぎたような気さえした。

「こっ、殺さなきゃ。カナちゃんに手を出すなんて……。そんな変態は二度と蘇《よみがえ》らないように胸に杭《くい》を打ち込んで殺さなくっちゃ……！」

近衛は顔を俯《うつむ》かせながら、ひどく冷え切った笑みを浮かべていた。

……。

殺される。

このままじゃ間違いなく殺される。

そう判断した俺《おれ》は、痛む身体《からだ》を引きずって一目散《いちもくさん》にベッドから飛び降りていた。

「あっ！　兄さんが逃げた！」

当たり前だ！　もはやこの屋敷は呪《のろ》いの館《やかた》だ！　一刻も早く脱出せねば命が危ない！

「ダァアアアアアア！」

雄《お》たけびと共に部屋の窓に突っ込む。押し開かれる窓。目に映るオレンジ色の太陽。夕焼けだ。鮮やかに燃える夕陽《ゆうひ》が二階から飛翔《ひしょう》する俺を照らしていた。

「うぉおおおっ⁉」

三メートルほどのスカイダイビング。

予想外の高さにビビリながらも、なんとか着地して受け身を取る。整えられた芝生《しばふ》が良《い》い感じにクッションになってくれた。

そこに広がっていたのはちょっとした運動公園くらいありそうな立派な庭。

よし、まずはこの広大な敷地内から脱出することを考えねば……！

「あら。ずいぶん元気がいいのね」

走り出そうとした瞬間、隣から聞きたくもない声が聞こえた。嫌々ながらも横を向くとそこにいたのはこの状況を仕組んだ張本人——。

「そろそろあなたが窓から飛び出してくる頃《ころ》だと思ったんだけど……まさかここまで上手《うま》くいくとは思わなかったわ」

楽しそうに微笑《ほほえ》む悪魔。この愉快犯《ゆかいはん》……！　どれだけ俺を弄《もてあそ》べば気が済むんだよ！

「涼月《すずつき》！　てめえ……また俺を嵌《は》めやがったな！」

「人聞きが悪いわね。私は良かれと思ってやっただけなのに」

「おかげで俺の命が消えかかってんだよ！」

そう、諸悪の根源は間違いなくこのお嬢様。こうなったのもコイツがB29みたくぽんぽんと爆弾発言ばっかりするせい。このままじゃ俺の精神が焦土《しょうど》と化すぞ。

「とにかく、一緒に来い！」

「え？」

ぽかんとしている涼月の腕を強引に引っ張って走り出す。もちろん腕は袖《そで》の上から掴《つか》んでいる。直接手なんてつないだら出血多量で倒れかねん。

「あなた、私をどうする気？　ひょっとしてこのまま駆け落ちでもするのかしら」

「しねえよ！　おまえは人質だ！　このまま逃げててもあいつらに殺されるからな！」

いざとなったときの交渉材料ってヤツである。気分は深夜に放送してる海外ドラマの悪役。このままカーチェイスとかに発展しないことを祈っておかねば。

「まあ、それはいいんだけど……ジローくん」

「なんだよ」

「その……そんなに強く掴むのはやめて。男の人にそんな風《ふう》にされると……なんだか恥ずかしいから」

「さんざん人の身体《からだ》を弄《いじ》くりまわしたヤツがこの程度で恥ずかしがってんじゃねえよ！」

絶叫しながらも緑の芝生《しばふ》をひた走る。

と、突如背後に感じる強烈なプレッシャー。思わず振り返るとそこにいたのは二頭の猟犬と化した妹とクラスメイト。

紅羽《くれは》と近衛《このえ》。

猛然と追いかけてくる二人組は、鬼気迫る表情で必死に何かを叫んでいた。

「こらーっ！　止まりなさい兄さん！　今なら瞬獄殺《しゅんごくさつ》一発で許してあげるからっ！」

「それは俺《おれ》に死ねって言ってるのか!?」

「ジローっ！　逃げられると思うなよ！　執事の記憶消去術をもう一度その身体に叩《たた》き込んでやるからなっ！」

「逆に前世の記憶とか思い出しそうだから勘弁してくれ！」

ひいいっと悲鳴を上げたいのを我慢しながら必死にダッシュ。

捕まったら即デッドエンド。この状況は死神に追いかけられてるのとなんら変わらない。

死が——紛れもない俺の死がそこまで迫っている……！

「あはは」

俺に引っ張られて走りながらも、涼月《すずつき》は子供みたいに笑っていやがった。

「ああ、あなたといると本当に退屈しないわ。きっとこれからは毎日がこんな風《ふう》に楽しくなるんでしょうね」

「うるせえこのオオカミ女！　この状況は全部おまえのせいだぞ！　おまえがデタラメばっかり言うから……！」

「あら、私だって本当のことは言ってるわよ。例えば——初恋がスバルだってこととか」

「なっ——」

驚いて隣を向くと、彼女はぺろっと小さく舌を出して微笑《ほほえ》んでいた。薄っすらと頬《ほお》を紅《あか》く染めながら。

……………。

もうダメだ。

執事とお嬢様と妹。

あと二年間もこんなふざけたヤツらと学園生活を送るのかと思ったら泣けてきた。ついこの間まではこんな生活が待ってるなんて露とも思ってなかったのに。こんな調子でホントに女性恐怖症を治せんのかなぁ。

「……くそ、それこそデタラメみたいな日常じゃねーか」

でも。

ただ一つだけ言えるとすれば、どうやらこの騒がしすぎる日常はまだまだ終わりそうにないらしい。涼月《すずつき》の言う通り、これなら退屈だけはしなくて済みそうだ。

「……よし、」

ここらでちょっと開き直っとくか。

視界に映るのは、夕焼け。

茜色《あかねいろ》の空に浮かぶ夕陽《ゆうひ》が俺《おれ》たちを照らしている。

その狂ったように輝くオレンジに——俺は、精一杯でかい声で叫んでやった。

——やっぱり、女の子って怖《こえ》ぇっ！

# あとがき

初めまして、あさのハジメと申します。

この小説のタイトル『まよチキ！』は「迷える執事とチキンな俺《おれ》と」を略したものとなっております。

ですから決してマヨネーズチキンとか、そんなジャンクフードっぽい名前ではありません。でもコンビニとかで売ってそうですよね、まよチキ。

さてさて。そんな『まよチキ！』ですが、タイトル通り執事のヒロインとチキン野郎な主人公のお話です。

しかもヒロインはただの執事ではなく男装執事。さらに主人公もただのチキン野郎ではなく女の子に触られると××してしまうウルトラチキン野郎。そしてそこにお嬢様や妹が加わり、ドタバタとした学園ラブコメに仕上がっております。

はい、ラブコメです。

いきなり話は変わるのですが、この『まよチキ！』は若干《じやっかん》特殊な環境下で書かれたラブコメだったりします。

そう、なんと本作は自動車教習所で執筆されたラブコメなのです！

どうなんでしょう……おそらく自動車教習所で書かれたラブコメというのもあまり前例がないのではないでしょうか。

いいえ、私も望んでそんな場所で書こうとしたわけじゃないんですよ。

ではなぜ教習所なんかで執筆していたのかというと……その、ギリギリだったんですよ。

はい、応募〆切が……。

本作は第5回MF文庫Jライトノベル新人賞に応募したものなのですが、かなり〆切ギリギリで投稿したことを憶《おぼ》えています。

同時にちょうど教習所の卒業期限も迫っていまして……。

私の通っていた教習所には期限までに卒業できないと振り込んだ学費がすべてパアになってしまうという恐ろしい規定があったのですが、私はそんなバッドエンドへと故郷の川を目指して激流を遡《さかのぼ》るシャケのごとく爆進していました。

ですから当時の生活といえば、早朝教習所に向かうバスの中でネタを考え、教習の空き時間に大学ノートに執筆し、自宅に帰ったらそれをパソコンで清書するという毎日だったワケです。

応募〆切が来るのが先か、教習所を卒業できなくなるのが先か。気分は完全にチキンレース。それでも無事投稿することができ、なんとか教習所を卒業することもできました。

なおかつ、幸運なことにその作品がこうして本になることになったのですから、私はまれに見るラッキー野郎なのでしょう。ラッキーすぎてこれから先が怖いくらいです。

では、遅ればせながら謝辞の方を。

まずは担当の庄司《しょうじ》様。本当にご迷惑ばかりおかけしました。作品は一人の力だけでは完成しないということを身に染みて理解できました。これからもよろしくお願いします。

本気でお忙しいスケジュールの中、身震いするほどステキで素晴らしいイラストを書いて下さった菊池政治《きくちせいじ》様。私の最大の幸運は菊池様にキャラクターたちを創って頂いたことでしょう。誠にありがとうございます。

そして、編集長の三坂《みさか》様、新人賞の選考に携わって下さった選考委員の諸先生方ならびに編集部の皆様、出版や販売に関《かか》わって下さったすべての方々。本作の為《ため》に尽力して頂き、心から御礼申し上げます。

また、教習所の教官方。不真面目《ふまじめ》な生徒で本当にすいませんでした。数々の貴重なネタを提供してくれたサークルのみんな。今度またお酒でも飲みに行きましょう。

最後に、この本を手に取って下さったすべての読者の皆様に、この場ではとても伝えきれない深い感謝を。

それでは、また皆様とお会いできることを願いつつ、それこそアクセル全開で行けるところまでガンガン突っ走って行こうと思いますので、どうぞよろしくお願いします。

あさのハジメ

MF文庫J

# まよチキ!


| | |
|---|---|
| 発行 | 2009年11月30日 初版第一刷発行<br>2011年7月15日 第十四刷発行 |
| 著者 | あさのハジメ |
| 発行人 | 三坂泰二 |
| 発行所 | 株式会社 メディアファクトリー<br>〒104-0061 東京都中央区銀座8-4-17 |
| 印刷・製本 | 株式会社廣済堂 |




Printed in Japan ISBN 978-4-8401-3084-4 C0193





この作品は、第5回MF文庫Jライトノベル新人賞〈最優秀賞〉受賞作品「まよチキ! ～迷える執事とチキンな俺と～」を改稿・改題したものです。


**【 ファンレター、作品のご感想をお待ちしています 】**

**あて先**:〒150-0002 東京都渋谷区渋谷3-3-5 NBF渋谷イースト 株式会社メディアファクトリー
MF文庫J編集部気付 「あさのハジメ先生」係 「菊池政治先生」係

左記より本書に関するアンケートにご協力ください。

★お答えいただいた方全員に、この書籍で使用している画像の無料待ち受けプレゼント! ★サイトにアクセスする際や、登録・メール送信時にかかる通信費はご負担ください。 ★中学生以下の方は、保護者の方の了解を得てから回答してください。

# 第8回 MF文庫J ライトノベル新人賞 募集要項

**MF文庫Jにふさわしい、オリジナリティ溢れるフレッシュなエンターテインメント作品を募集いたします。他社でデビュー経験がなければ誰でも応募OK！ 応募者全員に評価シートを返送します。**

**★賞の概要**
10代の読者が心から楽しめる、オリジナリティ溢れるフレッシュなエンターテインメント作品を募集します。他社でデビュー経験がなければ誰でも応募OK！　応募者全員に評価シートを返送します。年4回の〆切を設け、それぞれの〆切ごとに佳作を選出します。選出された佳作の中から、通期で『最優秀賞』、『優秀賞』を選出します。

- **最優秀賞** 正賞の楯と副賞100万円
- **優秀賞** 正賞の楯と副賞50万円
- **佳作** 正賞の楯と副賞10万円

**★審査員**
日日日先生、西野かつみ先生、三浦勇雄先生、ヤマグチノボル先生、 MF文庫J編集部、映像事業部

**★〆切**
本年度のそれぞれの予備審査の〆切は、2011年6月末（第一期予備審査）、9月末（第二期予備審査）、12月末（第三期予備審査）、2012年3月末（第四期予備審査）とします。　※それぞれ当日消印有効

**★応募規定と応募時の封入物**
未発表のオリジナル作品に限る。日本語の縦書きで、1ページ40文字×34行の書式で80～150枚。原稿は必ずワープロまたはパソコンでA4横使用の紙に出力（感熱紙への印刷、両面印刷は不可）し、ページ番号を振って右上をWクリップなどで綴じること。手書き、データ（フロッピーなど）での応募は不可。

**■封入物**　❶原稿（応募作品）❷別紙A　タイトル、ペンネーム、本名、年齢、郵便番号、住所、電話番号、メールアドレス、略歴、他賞への応募歴（多数の場合は主なもの）を記入 ❸別紙B　作品の梗概（1000文字程度、本文と同じ書式で必ず1枚にまとめてください） 以上、3点。
※書式等詳細はMF文庫Jホームページにてご確認下さい。

**★注意事項**
※メールアドレスが記載されている方には、各期予備審査の審査に応じて、一次選考通過のお知らせ（途中通知）をお送りいたします（通過者のみ）。受信者側（応募者側）のメール設定などの理由により、届かない場合がありますので、通知をご希望の場合はご注意ください。
※作品受理通知は、追跡可能な送付サービスが普及しましたので、廃止とさせていただきます。
※複数作品の応募は可としますが、1作品ずつ別送のこと。
※15歳以下の方は必ず保護者の同意を得てから、個人情報をご提供ください。
※なお、応募規定を守っていない作品は審査対象から外れますのでご注意ください。
※入賞作品については、株式会社メディアファクトリーが出版権を持ちます。以後の作品の二次使用については、株式会社メディアファクトリーとの出版契約に従っていただきます。
※応募作の返却はいたしません。審査についてのお問い合わせにはお答えできません。
※新人賞に関するお問い合わせは、メディアファクトリーカスタマーサポートセンターへ
☎ 0570-002-001（月～金　10:00～18:00）
※ ご提供いただいた個人情報は、賞選考に関わる業務以外には使用いたしません。

**★応募資格**　不問。ただし、他社で小説家としてデビュー経験のない新人に限る。

**★選考のスケジュール**

| | | |
|---|---|---|
| 第一期予備審査 | 2011年6月30日までの応募分 | 選考発表／2011年10月25日 |
| 第二期予備審査 | 2011年9月30日までの応募分 | 選考発表／2012年1月25日 |
| 第三期予備審査 | 2011年12月31日までの応募分 | 選考発表／2012年4月25日 |
| 第四期予備審査 | 2012年3月31日までの応募分 | 選考発表／2012年7月25日 |
| 第8回MF文庫Jライトノベル新人賞 最優秀賞 | | 選考発表／2012年8月25日 |

**★評価シートの送付**
全応募作に対し、評価シートを送付します。　※返送用の90円切手、封筒、宛名シールなどは必要ありません。全てメディアファクトリーで用意します。

**★結果発表**　MF文庫J挟み込みのチラシ及びHP上にて発表。

**〒150-0002　東京都渋谷区渋谷3-3-5　NBF渋谷イースト**
**（株）メディアファクトリー　MF文庫J編集部　ライトノベル新人賞係**